meu querido CANALHA

Ruy Castro
Carlos Heitor Cony
Aldir Blanc
Marcelo Madureira
Bráulio Pedroso e
Geraldo Carneiro

OBJETIVA

Sumário

Ruy Castro

La Petite Mort

Era um fim de tarde, daqueles de morrer, de tão lindo, mas os PMs não queriam nem saber. Mandaram encostar o carro e descer todo mundo, com as mãos na cabeça. (E se um conhecido passasse e me visse? Olha o vexame.) Enquanto um dos meganhas verificava os documentos, outro se enfiou dentro do carro, fungando em *dolby* e em estéreo, como um desses cachorros de aeroporto treinados para farejar bagulho. Mas o tira nem precisou farejar nada. Debaixo do banco do passageiro, encontrou uma caixa de madeira, envolta de qualquer jeito num papel de embrulho e amarrada com barbante.

"O que é isso?", ele perguntou.

"Se eu disser, você não vai acreditar", respondi, sério.

Eu tinha acabado de sair do túnel, vindo da Zona Norte, e dobrara à direita, na Lagoa. Na altura do Piraquê, vi os cones afunilando a pista e um grupo de PMs olhando com cara feia para as pessoas nos carros e encrencando com uns e outros. Era a *blitz*, uma operação que eles aprontam de vez em quando para, entre outras coisas, enriquecer sua criação de galos. (Nada a ver com aqueles bichos que fazem cocorocó. Um galo é uma nota de cinqüenta reais, trazendo no verso uma onça-pintada.) Reduzi a velocidade e já fui puxando a carteira.

Não que eu seja um tipo suspeito, dos que costumam ser parados e levam uma geral. Ao contrário. Apesar de algumas sem-vergonhices no currículo, tenho um aspecto e biografia acima de qualquer suspeita — 38 anos, curso superior, gravata, óculos, úlcera, casado, vascaíno e executivo do setor financeiro —, que me fazem ser admitido em casas de família, nos melhores restaurantes e até em gabinetes oficiais. Além disso, estava de terno, porque era dia de semana. Os alvos normais de uma *blitz* são os carros com quatro ou mais passageiros, principalmente se forem jovens, negros ou pardos. E, de preferência, jovens negros ou pardos com miçangas e contas pendendo dos tererês.

Por coincidência, essa descrição correspondia exatamente à do meu carro naquele momento. Eu estava levando três sujeitos, entre os quais, no banco de trás, dois jovens negros usando calças coloridas, casaquinhos *jeans* tacheados sem mangas, abertos no peito e sem nada embaixo, tendo no pescoço colares de cabecinhas mumificadas, além de *piercings* espetados em toda parte exceto a córnea, e mais cachos no cabelo do que a Luluzinha. Os rapazes eram Tim e Tom, dois irmãos com aspirações a gravar um disco de *rap* e dar um conforto a algumas louras. O outro passageiro, Afrânio, bancário, não era jovem nem velho, nem branco nem preto, e não tinha nada de diferente, exceto o fato de ser torcedor do Bangu.

Quando chegou a nossa vez, os PMs contabilizaram o número de elementos dentro do veículo, verificaram a nossa pluralidade racial, analisaram os adereços e indumentárias dos meus acompanhantes e nos mandaram descer e mostrar os documentos. Já saí do carro com dois galos na mão fechada por trás da nuca.

O tira que estava dando uma busca no carro saiu com a caixa de madeira na mão e perguntou:

"O que é isso?"

Eu disse que ele não ia acreditar e ele decidiu não acreditar. Arrancou o barbante de qualquer jeito, sem desfazer o nó, rasgou o papel de embrulho e, aplicando uma pequena pressão, abriu a tampa da caixa. Dentro, havia quase dois quilos de um pó acinzentado, grosso e irregular.

Ele não quis perguntar de novo. Sem tirar os olhos de mim, enfiou o dedo no pó e o lambeu. Degustou o produto por alguns segundos, fazendo estalinhos com a língua e com os lábios. Como não chegasse a uma conclusão — só percebeu que não era cocaína —, cravou mais uma vez o dedo no material e deu outra lambida. E só então repetiu a pergunta:

"O que é isso?"

Bem, ele é que insistiu.

"São as cinzas do meu amigo Guilherme, que morreu outro dia. Estamos voltando do cemitério do Caju, onde ele foi cremado."

"Puah!", fez o PM, quase vomitando, e saiu cuspindo pelo asfalto.

"A missa é daqui a pouco, na igreja do Leblon", informei tibiamente. "Estamos levando a urna para lá."

Ainda cuspindo para todo lado, ele me devolveu a caixa, como se esta contivesse uma criação de tarântulas. Enfiou a mão no bolso da calça, tirou dois pacotinhos brancos, que jogou dentro do meu carro, e perguntou:

"E isso aí, também é seu?"

Putz. Se você já passou por essa situação, sabe que, nesses casos, a sua qualidade de vida depende muito de você não responder nada. Assim sendo, fiquei quieto. Apenas abri discretamente a mão com os dois galos, ele ficou satisfeito, recolheu de volta seu próprio material e nos mandou embora.

Em seu apogeu, até cinco dias atrás, Guilherme tinha um metro e noventa, cem quilos, olhos claros, espáduas de remador e ostentava 32 dentes perfeitos que faiscavam quando ele os exibia para as mulheres. Era tão grande e ocupava tanto espaço que, se elevador cobrasse ingresso, ele teria de pagar em dobro. Era difícil acreditar que, naquele momento, Guilherme estivesse se acomodando numa caixinha de madeira de vinte centímetros de comprimento por quinze de largura e outros tantos de altura. Mas a resposta era simples: Guilherme já não estava em seu apogeu.

Para caber naquela minúscula urna, eles o tinham levado ao forno e o fritado a 1.500 graus. Essa era uma temperatura a que Guilherme, que passara metade da vida na praia, não estava acostumado. E uma coisa era o bronzeado que ele sustentava doze meses por ano, outra era o estado em que o forno crematório o deixara, mais para o esturricado. Depois que o torraram bem torradinho, eles coaram o óleo e puseram Guilherme para secar por algumas horas. Finalmente recolheram suas cinzas com uma pazinha, dessas de criança fazer buraco na areia, e as depositaram na urna. Sobraram alguns dentes, já não tão faiscantes, e caquinhos de ossos, que haviam resistido à fritura, mas que foram triturados e moídos numa espécie de liquidificador e agregados à urna do mesmo jeito. Pode-se dizer que Guilherme estava integralmente ali. Faltavam as partes moles, mas ninguém achava que ele as tivesse.

"Quando morrer, quero ser cremado", ele vivia dizendo. "Essa história de ser plantado numa tumba e ficar sendo comido aos poucos por minhocas é um desperdício, não tem nada a ver. O melhor é tacar fogo e jogar as cinzas no mar."

A exemplo de mim, seu amigo mais antigo e íntimo, colega de ginásio, faculdade, CPOR, praia e botequim, Guilherme tinha 38 anos. É uma idade em que as pessoas ainda não ficam falando em morte. E ele, entre todos, não tinha o menor motivo para isso: forte à beça, fazia esporte, craque no futevôlei, nadava milhões, não fumava, não bebia, não usava drogas, trabalhava quase nada (sua família tinha dinheiro na Bahia; quando ele precisava, era só ir ao banco e sacar) e só pensava em mulher. Não que tivesse muito tempo para pensar — porque transava todo dia e, se o deixassem, o dia todo. Era um atleta do sexo, dando expediente nos três turnos, e nunca fizera outra coisa na vida. Com seu jeitão de Hollywood anos 50, meio Tony Curtis, meio Jeff Chandler, as mulheres davam em cima e ele não recusava serviço: advogadas, psicólogas, médicas, gerentes de banco, assessoras de imprensa, manequins, emergentes da Barra, pesquisadoras do Ibope, vendedoras de plano de saúde, bonitas, feias, quem lhe desse bola — bastava ter mais de quarenta quilos e menos de quarenta anos. Existem pessoas assim, um pouquinho acima da média a fim de sexo. Guilherme era assim — só que uns dez andares acima da média.

Daí que até suas fantasias de morte tivessem a ver com sexo. Dizia que, no dia em que acontecesse, só aceitava morrer de duas maneiras: do coração, durante o ato, ou a tiros, por algum marido que o pegasse com a cuja.

Por essa segunda hipótese, já passara raspando duas vezes. Numa delas, o marido de uma mulher que o visitava com alguma freqüência desconfiou que estava sendo traído e, pela insistência com que a fulana falava em Guilherme, convenceu-se de que só podia ser ele. O homem adentrou seu apartamento, armado de soco-inglês, e tentou arrancar-lhe a confissão. Mas Guilherme, mantendo a compostura e fingindo indignação, mentiu com tal sinceridade que o sujeito respirou aliviado e acreditou naquilo que, no fundo, queria acreditar — que sua mulher, como todo mundo, tinha apenas uma grande admiração por Guilherme e que nunca rolara nada entre eles. Na segunda vez, outro marido, também armado, só que com uma pistola, conseguiu atrair Guilherme para dentro do carro, com a intenção de meter o bicho a 120 no primeiro poste, para que morressem ambos. Mas, antes que o carro chegasse a cem, Guilherme convenceu-o de que era injusto os dois morrerem, e a mulher, sobrevivendo, continuar na gandaia. O corno considerou o argumento, liberou Guilherme e voltou para a mulher. Guilherme era assim: um craque da psicologia aplicada para fins imorais.

Quanto ao sonho de morrer transando, fascinou-se com isso ao ouvir dizer que os franceses chamam o orgasmo de *la petite mort* — a pequena morte. De fato, que sensação mais deliciosa de morte provisória que a do orgasmo? Tudo se apaga: sons, cores, cheiros — todos os sentidos parecem ir, momentaneamente, para uma espécie de buraco negro. Pena que dure tão pouco. Mas, então, se o orgasmo era *la petite mort*, a morte devia ser o grande orgasmo, o gozo perpétuo, o céu absoluto. Se isso fosse verdade, ele queria ir para esse céu.

Por causa da *blitz* e do engarrafamento e mais o tempo para estacionar, só consegui chegar à igreja aos vinte do segundo tempo, para aflição de Afrânio, o bancário bangüense amigo de Guilherme, que intermediara a cremação no Caju, de cujo cemitério era vizinho, e de Tim e Tom, os rapazes negros que Guilherme resgatara da Candelária e, com seus contatos numa gravadora, estava tentando transformar numa dupla de *pop stars*.

A missa era um sucesso. Gente pelos vitrais e um paredão humano já a partir da porta. Pelo que dava para ver, lá estavam pelo menos umas trinta namoradas (do passado ou na ativa), várias mulheres que eu não conhecia (acompanhadas de homens com cara de marido) e os amigos e conhecidos que Guilherme levara a vida colecionando. Dos carteiros do Leblon a dois ou três presidentes de multinacionais, passando pelos bebuns do Triângulo das Sardinhas e por gente de teatro, cinema e televisão, Guilherme tratava metade da cidade pelo nome. Sua vocação para a amizade era tão irresistível que, apesar de ser um perigo com as mulheres, até os homens gostavam dele.

Vencidos pela multidão, ficamos de pé, perto da porta. Ninguém sabia, mas, de um jeito ou de outro, era uma missa de corpo presente: Guilherme estava a poucos metros dali, ainda que em forma de farofa, sob o banco do carro, aos cuidados de um flanelinha. Com os olhos, procurei Bebete, minha mulher. Impossível enxergá-la. Devia estar na fila do gargarejo, ao lado dos pais de Guilherme.

Mesmo da porta dava para ouvir o sermão do padre, também amigo de Guilherme, exaltando suas qualidades — bom filho, bom irmão, bom amigo, grande sujeito — e omitindo estrategicamente qualquer referência que lembrasse a constrangedora *causa mortis*. Sim, porque como explicar que um sujeito tão jovem e inteiraço, sem cardíacos na família e sem nenhum aviso, que passara os últimos vinte anos sem dar um espirro, pudesse ter um enfarte tão espetacular e fatal que o matasse de uma só vez? Alguma coisa cheirava mal — algo que não podia ou não devia ser dito. E, por uma dessas coincidências, entre aquelas centenas de enlutados na igreja, só eu sabia a verdade. A de que Guilherme realizara seu sonho: morrera na cama com uma mulher, em pleno ato, no auge de um orgasmo.

Fosse civil a cerimônia e outras as circunstâncias, eu, como seu melhor amigo, seria requisitado a dizer algumas palavras. E o que eu diria? Que Guilherme morrera como vivera: dando e recebendo prazer. Uma morte de herói, equivalente à de um soldado em batalha, só que muito mais meritória, derramando sêmen em vez de sangue, o estouro do coração valendo como um tiro do inimigo, o gozo se misturando à dor e o lençol servindo de bandeira. Se ouvissem aquilo, todos os homens presentes aprovariam. E as mulheres também, porque Guilherme tinha a capacidade de galinhar como bem entendesse e conservar suas conquistas — nenhuma delas, por mais poderosa, sentindo-se com cacife para exigir exclusividade dele.

Quem (muito, muito raramente) suspeitava que essa galinhagem não podia dar certo era ele próprio, Guilherme. Outro dia mesmo, há dois ou três meses, confidenciara-me com voz amarga que, às vezes, se sentia tratado pelas mulheres como um homem-objeto.

"E quer saber, Dorival?", sussurrou. "No peito dos homens-objeto também bate um coração!"

Seus familiares (pai, mãe, quatro irmãs e três tias solteironas — ou seja, nascera numa família de mulheres) tinham chegado da Bahia, se hospedado no Caesar Park e se comunicado comigo pela manhã. Garanti-lhes que estava tudo sob controle: Afrânio providenciara a cremação no Caju, iríamos buscar Guilherme naquela tarde, Tim e Tom iriam conosco, não ficava bem exibir a urna durante a missa, eu a entregaria à família no dia seguinte no hotel, Guilherme gostaria que as cinzas fossem despejadas no mar, do Rio ou da Bahia, mas essa decisão agora competia a eles, os familiares. Aconselhei o Rio, porque Guilherme viera para cá muito jovem, era aqui que construíra sua multidão de amigos, eles e elas iriam querer prestar-lhe a última homenagem. O pai de Guilherme ficou de pensar e, duas oitavas abaixo, agradeceu-me por tantos anos de amizade a Guilherme, éramos como irmãos, agora eu passava a ser o filho que lhes restava.

Horas depois, à saída da missa, ele se atirou em meus braços, para nos confortarmos reciprocamente. Fui à rua, chamei um táxi para a família, e voltei à igreja para procurar Bebete. Encontrei-a perto do altar, conversando com o padre. Disse-lhe que não me esperasse tão cedo, eu iria terminar o que começara: sairia com Afrânio, Tim e Tom, e iríamos encher a cara em algum lugar. Ela entendeu.

Convoquei os três, pegamos a caixa que ficara no carro e saímos a pé pela noite do Leblon, eu com Guilherme debaixo do braço.

Eles estavam arrasados. Afrânio era amigo de Guilherme, mas não fazia parte de seu mundo — só se viam na agência do banco, quando Guilherme precisava sacar uma grana ou levantar uma aplicação. Mas fora o suficiente para o bancário encantar-se com ele, convidá-lo a jantar em seu apartamento no Grajaú, cometer a temeridade de apresentá-lo à mulher e convidá-lo para padrinho de um filho. Tim e Tom pertenciam mais ao mundo de Guilherme, mas eram amigos recentes. Preferi sair com eles do que com outros da nossa turma habitual. Queria falar de Guilherme com quem já não soubesse de cor todas as histórias.

É impressionante como se pode entrar num botequim ou restaurante do Rio carregando uma urna funerária, depositá-la embaixo da mesa e pedir uma caipirinha e um tira-gosto sem ninguém perguntar do que se trata. À medida que a noite avançava, fiz com eles um périplo típico de Guilherme no Leblon: Bracarense, Degrau, Florentino, Jobi, lugares que ele freqüentava apesar de ser abstêmio. Guilherme era como Romário: só tomava Coca ou água, estocando energias para a primeira desacompanhada que lhe dirigisse o olhar e que ele rebocava para sua coberturinha no Alto Leblon, com direito a orgasmos múltiplos e cósmicos. Era infalível — tanto a conquista como, segundo todos os relatos, a satisfação.

Quando comentei que Guilherme devia ter ido para a cama com, no mínimo, duas mil mulheres diferentes, Afrânio não quis acreditar. No Grajaú, não se sabia de ninguém que chegara perto dessa marca, nem mesmo cortando zeros. Como prova, repeti-lhe uma estatística que o próprio Guilherme me fizera: a uma média (conservadora) de cem estréias por ano, durante vinte anos, só aí você já tinha duas mil mulheres. O resto do ano ele reservava para as continuações e as reprises. Mas havia um porém: Guilherme achava que só se devia ter sete namoradas fixas de cada vez. Era o máximo permitido para que se pudesse atender cada namorada pelo menos uma noite por semana, alternando as tardes e manhãs entre elas.

À medida que as caipirinhas entravam na minha corrente sangüínea, fui me empolgando. Em matéria de sexo, expliquei, Guilherme podia ser didático. Um dia ele me falou da síndrome do pentelho fantasma — aquele pelinho que aparece na sua boca no melhor da festa e do qual você não consegue se livrar, e que atrapalha a concentração. O que fazer com ele? Guilherme me ensinara: "Se você consegue tirá-lo da boca e o joga para fora da cama, ele sempre volta, não sei como. Devolver o pentelho ao poro original também não dá, porque a luz do abajur não permite que se ache esse poro. Só há uma solução: engolir o pentelho."

Bar após bar, as histórias sobre Guilherme me vinham à cabeça em catadupas e eu as ia despejando para os admirados Afrânio, Tim e Tom. Certa noite, uma estreante em seu apartamento admirou-se com seu gato Olavo. Ela nunca vira um gato tão gordo. "É porque mandei castrá-lo", Guilherme explicou. A moça indignou-se: "Mas que maldade! E agora, como é que ele vai transar?"

Guilherme foi paciente: "Minha filha, o único animal que faz sexo por prazer é o homem — e algumas mulheres." Em outra ocasião, Guilherme estava me contando a diferença entre o homem que gosta de mulher e o homem que *realmente* gosta de mulher: "O homem que gosta de mulher lava as mãos depois de fazer xixi. Mas o homem que *realmente* gosta de mulher lava as mãos *antes* de fazer xixi."

Guilherme gostava de mulheres no sentido amplo, não apenas para fins práticos — e talvez fosse esse o segredo de seu sucesso. Era capaz de ouvi-las por horas, pelo menos nas primeiras vezes. Era atencioso, preocupado, participante de seus problemas. E fazia isso sinceramente, não por interesse — embora a recompensa não tardasse. Muitos casamentos foram salvos em seus lençóis, com ele aconselhando a moça a não deixar o marido. A única coisa que o magoava era quando sabia que alguém o considerava promíscuo e amoral. "Não sou promíscuo, nunca transo sem camisinha — só de vez em quando", defendia-se. "E muito menos amoral. Sou amor-al."

Afrânio, Tim e Tom me ouviam tão absorvidos, e eu próprio estava tão encantado pelo som de minhas palavras, que, na ida para o Jobi, esquecemos Guilherme debaixo da mesa no Florentino. Voltamos correndo e, por sorte, com o restaurante vazio, ninguém se sentara à mesa e lá estava a caixa. Abri-a para conferir se não faltava nenhum grão de cinza. Com tudo em ordem, partimos para a última etapa do périplo. No Jobi, fiz questão de depositar a urna em cima da mesa. Faltava contar a derradeira história sobre Guilherme. E eu queria que o próprio Guilherme ouvisse.

"Há cinco dias, Guilherme recebeu uma visita pela manhã", comecei. "Era a mulher de um amigo, que tinha viajado para Brasília e só voltaria à noitinha. Os dois teriam o dia inteiro para eles. Conheciam-se há anos e fazia tempo que planejavam aquilo, mas era a primeira vez que se viam a sós. O tesão mútuo e represado estava insuportável. E os dois se dispuseram a entrar em campo para bater todos os recordes. A primeira foi às nove da manhã. No meio do dia, já estavam na sétima ou oitava. Acho que paravam de vez em quando para comer ou ir ao banheiro, mas não posso garantir. No fim da tarde, tinham chegado a doze. Doze! Mas Guilherme tinha fixação por números ímpares — precisavam dar mais uma. E foi na 13ª que aconteceu: ele conseguiu, mas o coração explodiu no momento em que gozavam juntos. A princípio, ela pensou que o grito dele fosse de prazer. Mas, pela contorção do rosto, percebeu que alguma coisa tinha acontecido. Guilherme caiu duro em cima dela — mortinho."

Afrânio, Tim e Tom estavam de boca aberta, sem fala, ouvindo aquilo.

"E foi então que se armou a versão oficial", continuei. "Ela telefonou para o meu celular e me contou tudo. Mandei-a se acalmar, apagar todos os vestígios de sua presença e dar o fora dali. Eu chegaria em minutos e tinha uma cópia da chave do apartamento. Quando entrei, vi os últimos vestígios do que deve ter sido a farra do século — acho que só não transaram em cima da geladeira. Arrumei as coisas o melhor que pude, penteei Guilherme, vesti-lhe uma cueca e só então telefonei para o médico. A história era a de que, assim que se sentiu mal, Guilherme, sozinho no apartamento, me telefonou, mas, ao chegar, já o encontrei morto."

"Caramba", grunhiu Afrânio. "E quem era a mulher?"

"Ah, não, isso eu não digo. Você sabe como era Guilherme — não saía por aí dando os nomes das mulheres que abatia. Em respeito a ele, o nome desta senhora nunca deve ser revelado."

Era alta madrugada e saímos, cada qual para seu canto. Peguei a caixa com Guilherme, enfiei no carro e fui para casa.

Bebete estava acordada à minha espera. E, se não estivesse, eu a acordaria.

"Não foi uma sorte que eu já tivesse voltado de Brasília?", perguntei calmamente. "Você fez a coisa certa: eu era a única pessoa para quem você poderia ligar naquela situação. Claro — pois se eu era o melhor amigo dele e, por coincidência, seu marido."

"O que vai acontecer, Dorival?"

"Comigo, não sei. Talvez me jogue amanhã da ponte Rio–Niterói ou me converta ao islamismo. Mas fiquei frio até hoje à tarde, quando fui recolher as cinzas, porque tenho planos para você e para Guilherme — melhor dizendo, para as cinzas dele — nas próximas horas."

"Dorival, não vá cometer uma loucura! Você sabe como ele era — impossível de resistir."

"Exato. Guilherme comeu todo mundo. Comeu inclusive você — a única mulher com quem ele não podia nem sonhar. Agora, você vai comer Guilherme."

"Mas o que é isso, Dorival?" Bebete começou a chorar, ao me ver dispor os objetos em cima da mesa.

"Isso é um revólver. E isso é a urna com as cinzas. Aqui está uma colher. Você terá direito a um gole d'água depois de cada colherada. Vai comer tudo. E, se não comer, morre."

Bebete gemeu, esperneou, disse que eu estava louco, ameaçou apelar para os vizinhos. Subitamente, acalmou-se e, de forma calculada, deu a primeira colherada nas cinzas. O revólver devia ser um argumento suficiente.

Ou talvez ela começasse a ver um sinistro prazer naquilo — Guilherme, mesmo morto e incinerado, era irresistível.

Carlos Heitor Cony

A Ave-Maria de Schubert

1

Caí na asneira de ser jornalista antes do tempo, quando era moço, nada conhecia da vida e da profissão, nem a vida e a profissão me conheciam, nem tinham necessidade disso. Só me recuperei bem mais tarde, quando as coisas mudaram no mundo e em mim mesmo. E verdade seja dita, se o mundo e a profissão mudaram para pior, eu mudei para bem pior.

Após quebrar a cara no ofício, cobrindo delegacias, motins em penitenciárias, enchentes em Petrópolis e Barra do Piraí, velórios de imortais da Academia Brasileira de Letras, Instituto Médico-legal, onde cometi a façanha de entrevistar um defunto esfaqueado em Brás de Pina, defunto que ainda vivia, estrebuchando embora. Colocaram-no numa gaveta refrigerada, não havia espaço em outro lugar, nem mesmo nos corredores.

Custei a descobrir o filão mais sustancioso do ofício, custei mas descobri. Era o mercado de trabalho nos institutos governamentais e das grandes empresas, estatais ou não. Todos precisavam de profissionais, de muitos profissionais, não necessariamente famosos, de primeiríssimo time, mas que dessem para o gasto, para redigir matérias, discursos dos presidentes de cada órgão, *releases* para serem distribuídos aos cadernos de economia, essas coisas que poucos lêem mas todos mandam publicar.

Além do salário melhor, e da carga horária menor, tinha a vantagem de viajar pelo Brasil todo, em hotéis cinco estrelas, classe executiva nos aviões, tapetes vermelhos estendidos, diárias generosas das quais nem precisava prestar contas. Isso sem falar na intimidade com altos funcionários e empresários, que em momentos de aperto me requisitavam para algum texto ou matéria de emergência. Passava fins de semana em Angra dos Reis, em Búzios, levava o computador e muitas vezes nem o abria, o trabalho não era tão urgente, havia sempre outros convidados, entravam num porre respeitável, do qual eu podia participar como um igual, desde que guardasse o sigilo das fontes, que eram muitas, mas todas me pediam o *off*, que nada escrevesse nem nada transmitisse a ninguém.

Mas não foi desse tempo ditoso, que hoje atravesso já um pouco fatigado, que guardei um dos momentos de maior vexame, não profissional, mas sexual, embora o episódio tenha um pouco de ambas as coisas, a profissão e o sexo.

Pouco antes de abandonar o jornal e ir trabalhar no Departamento de Águas e Esgotos, a primeira estatal onde descolei um emprego após minha demissão de um órgão considerado de média imprensa, tive um caso com uma estagiária que terminara o curso de Comunicação e abandonara, entre outras coisas, a militância no Apostolado da Oração, da Paróquia de Nossa Senhora do Perpétuo Socorro, no Grajaú, onde a mãe, presidente vitalícia da pia instituição, mantinha a prole no bom caminho. Em criança, por imposição da mãe ou por vontade própria, pertencera à Cruzada Eucarística.

2

Aparentemente, uma coisa nada tinha a ver com a outra, o vexame que passaria no apartamento do Fileto e o abandono da redação do jornal, mas tudo na vida tem relação. Aquela velha história, uma borboleta bate as asas na Tailândia e um furacão destrói metade da Flórida e faz o rio Maracanã transbordar e impedir o trânsito para Vila Isabel, Méier e adjacências. Ou o rio Piabanha faz o mesmo em Petrópolis e provoca desabamentos, feridos, mortos e editoriais na imprensa exigindo providências.

Bem verdade que fiquei deprimido quando fui contratado pelo Departamento de Águas e Esgotos, como já disse, com o dobro de salário e com menos hora de expediente. A primeira matéria que me mandaram fazer era um comunicado a todos os jornais e emissoras de rádio e TV, avisando que, devido a um acidente numa elevatória de Paracambi, faltaria água nos bairros da Zona Leste, na Zona Oeste, em algumas ruas da Zona Norte e em torno da praça Mauá.

Admiti que matéria desse porte era melhor do que entrevistar defunto que ainda não morrera, numa gaveta da geladeira do Instituto Médico-legal. E ainda por cima, mais bem remunerada.

Por conta da melhor remuneração, adquiri novos hábitos e condições de me virar no caso de atrair namoradas, fixas ou circunstanciais, para o que mais me interessava.

No tempo das vacas magras, havia sempre aquele nó, aquele momento da verdade que muitas vezes botava tudo a perder. Não tendo dinheiro para ter um apartamento próprio, mesmo que em parceria, a solução eram os quartos alugados em casa de ex-cafetinas, de homossexuais aposentados ou em vias disso, que mantinham pequenos conjugados no Centro da cidade, no Catete ou no Flamengo. Eram quartos sórdidos, em ruas manjadas à distância, que cheiravam a esperma, a vaginas besuntadas com cremes que pretendiam evitar a gravidez. Naqueles dias, ainda não existia pílula anticoncepcional, e o uso da camisinha era considerado brochante por ambas as partes.

Bem verdade que lá para as bandas de São Conrado e da Barra da Tijuca, iniciava-se o florescente ramo dos hotéis de alta rotatividade, explorados inicialmente por um lendário Lima dos Hotéis, que para os jornais era tido ora como espanhol, ora como búlgaro, mas seguramente não era uma coisa nem outra. Como o prefeito na época era o bem-amado Dr. Negrão de Lima, e tendo sido Sua Excelência quem liberou a construção dos ditos estabelecimentos para encontros provisórios, sem necessidade de certidão de casamento ou de qualquer outro documento, rosnou-se pela cidade que o falso espanhol ou o falso búlgaro outro não era que o bem-amado Dr. Negrão de Lima.

Isso não vem ao caso. Vem ao caso é que os ditos hotéis eram caros e ficavam distantes do Centro da cidade, requisitando táxi na ida e na volta, aumentando o custo e nem sempre o benefício da viagem. Não havia linhas de ônibus para lugares tão remotos e ainda desertos, e eu estava longe de ter o Honda Civic prateado que agora me transporta e com o qual deslumbro ex-colegas de redação do jornal em que trabalhara naqueles inditosos tempos de Médico-legal e enchentes do rio Maracanã, no Rio, ou do Piabanha, em Petrópolis.

O jeito era afogar o ganso (a expressão era usual na época) nos quartos alugados por hora ou fração de hora, em conjugados, quarto e sala se-pa-ra-dos, às vezes nem tanto, o casal entrava, a ex-cafetina fazia sumário mas experiente exame da acompanhante para ver se se tratava de uma puta escrachada, capaz de dar alteração. Quando notava que era moça de família, ou mulher casada e respeitável, abria um sorriso ao mesmo tempo cordial e sacana, desejando boa foda e pagamento adiantado. No caso de o apartamento ser quarto e sala juntos, sem qualquer divisão, a regra era a dona ou o dono do imóvel perguntar quantas horas ou minutos o casal pretendia ficar, indicar o banheiro, garantir que os lençóis estavam limpos, e sair, levando a chave, ficando de voltar na hora combinada.

Tantas e tais condições eram infamantes, diminuíam em parte o tesão, que só se manifestava nos minutos finais, por azar, justo quando expirava o prazo fatal e a cafetina fazia barulho com o molho das chaves, avisando que havia chegado. Qualquer prorrogação equivalia a um aumento proporcional no preço do aluguel.

E ainda por cima, desgraça das desgraças, havia os porteiros. Ah! Os porteiros! Bastariam eles para desequilibrar as circunstâncias, entre o prazer, a necessidade do prazer, e o exame descarado que eles faziam das acompanhantes, como se registrassem, na caverna mais funda da memória, as características físicas e as possibilidades sexuais de cada uma. Muitas mulheres aceitavam tudo, menos enfrentar o exame dos porteiros, o que me obrigava a um custo suplementar. Ia na frente, me entendia com eles, pedia que deixassem a portaria livre por meio minuto, pagava-lhes discretamente uma cerveja e embora soubesse que de algum canto eles não se recusavam a fazer o exame de praxe, convencia a mulher que a barra estava limpa.

Ora, tudo isso junto, ou mesmo se-pa-ra-do como os apartamentos mais dignos, dificultava a ação e não raras vezes a reação de tais *rendez-vous*, que, como no caso da expressão "afogar o ganso", caiu em desuso.

O recurso mais banal para se convencer a parceira a relevar tantos infortúnios era apelar para a solução cabotina: a esqualidez da paisagem, o desolante cenário seriam compensados pela radiante presença do desejo, dos gritos, murmúrios e sussurros do amor. E umas pelas outras, a coisa funcionava, porque se havia receio por parte da parceira, além do desejo havia a curiosidade para ver como é que era.

E era geralmente bom, para ambas as partes. Mas havia exceções, pelo menos houve uma exceção que ficou na minha carne e no meu gosto musical.

3

Deu-se que a estagiária, egressa havia pouco do Apostolado da Oração, quando usava uma fita vermelha com o Sagrado Coração numa das pontas, conservada virgem até os dezenove anos, pediu-me ajuda para redigir um texto complicado, justamente um motim na 16ª Delegacia Policial, onde um menor de quinze anos foi violentado à noite por dois marmanjos, o que teria provocado uma ameaça de suruba generalizada, que terminou no motim, onde se não houve mortos, houve feridos, fugas e participação provável, mas não admitida pelo comissário de plantão, de alguns policiais que desejaram se fartar do garoto.

O assunto era escabroso, mesmo para um profissional escolado, e muito mais para uma estagiária que escolhera a profissão atraída pela editoria de cultura e espetáculos, fizera um curso sobre Clarice Lispector e um trabalho de fôlego sobre a obra de João Cabral de Melo Neto. Era amarrada no cinema novo francês. Ao fazer o estágio, podia esperar tudo, cobrir acidentes de trânsito, velórios de gente importante, mas não matéria que parecia uma alucinação, um assombroso desvio da condição humana.

Ajudei-a no que pude, exagerando no estupor que eu sentia, igual ao dela, de tanta porcaria, mas salvando o principal, que era o episódio em si, que deveria ser tratado e contado com as devidas reservas da moral e da compostura, mas sem omitir os fatos.

Foi o início de uma aproximação, de uma confiança depositada em mim, e de um interesse meu pela sua virgindade, pelos seus seios que, numa época em que não havia silicone, já eram suntuosos, estourando as blusas quando usava blusas, e estourando sobretudo os suéteres, quando fazia um pouco de frio.

Com muita saliva, muita citação de João Cabral de Melo Neto, de quem ela gostava mas a quem eu fazia restrições, pela sua austeridade de engenheiro de palavras mas inimigo de sentimentos. Introduzi a garota em Pablo Neruda, Fernando Pessoa, fiz avanços aproveitáveis, e como ela me contou seu passado de menina devota, filha de uma devota profissional do Grajaú, e sabendo que ela lia correntemente o espanhol, emprestei-lhe livros de Teresa de Ávila, a grande excitada por Jesus, e os mistérios da escura noite da alma (*noche oscura),* de San Juan de la Cruz.

Conversa vem, conversa vai, tornei-me uma espécie de guru para ela, mas evitei prudentemente avançar o sinal, respeitando seus escrúpulos, querendo casar virgem se fosse o caso, mas, se não casasse, daria na mesma, no fundo, talvez, voltasse a uma vida de devoção, sem os exageros da mãe e de seus primeiros tempos de Apostolado da Oração e da Cruzada Eucarística, que ela freqüentara desde menina.

Bem, num dia de temporal na cidade, tivemos de esperar as águas baixarem, e como já era tarde, convidei-a para jantar, bebemos um vinho nacional, branco, espumoso, que era o mais ordinário e o mais barato. Ela bebera vinho poucas vezes na vida, volta e meia tomava um chopinho, mas vinho mesmo, e daquela marca e daquele malefício, acho que foi a primeira vez.

O resultado desta primeira vez terminou em outra primeira vez. Ao sairmos do restaurante, tão logo chegamos à calçada que estava cheia de detritos do temporal, com os postes de luz apagados, ela se apoiou em mim, um pouco trôpega, enlacei-a na cintura, ela aceitou, e mais do que aceitou, também me enlaçou. Com sua cabeça no meu ombro, beijei-a nos cabelos, que estavam ainda um pouco úmidos da chuva, e depois, numa progressão humilde, fui até a testa, os olhos e, finalmente, a boca.

Não chegou a ser uma progressão geométrica (1 — 2 — 4 — 8 — 16 — 32 — 64 etc.) mas bestamente aritmética (1 — 2 — 3 — 4 — 5 — 6 etc.), retardando em meses a solução final, que nada tinha com aquela praticada nos campos de extermínio da Alemanha nazista, mas me obrigava a concentrar-me numa solução final que era o fim de suas resistências.

4

Paro aqui, cumprindo uma regra dos manuais de redação vigentes nos jornais e revistas de hoje: dar o contraditório, ou seja, o outro lado da questão. Naquele tempo, minhas necessidades eram supridas num pardieiro, na rua do Riachuelo, resíduo de um antigo puteiro que a plebe rude apelidara de "Treme-treme", que fazia concorrência com um outro, igualmente aos escombros, que atendia pelo apelido de "Bole-bole".

Eram baratos, razoavelmente discretos, pois nem porteiros tinham. Livres dessas bestas negras, entrava-se diretamente pelo velho portão de ferro fundido, apenas encostado, dia e noite. Não havia campainha nem elevador, mas uma escada que dava diretamente no segundo andar, onde a porta única também ficava encostada dia e noite. Entrava-se no pequeno vestíbulo onde a cafetina, sentada atrás de uma mesa, resolvia palavras cruzadas, olhava o casal sem nada dizer, entregava a chave amarrada numa bola de madeira do tamanho de uma bola de tênis, onde estava gravado o número do quarto. E sem nada dizer, recebia a cédula dos dez cruzeiros daquele tempo.

Um cartaz feito à mão, cartolina azul com letras garrafais em branco, avisava que a locação era referente a uma hora de serviços e pedia para economizar água, que estava em falta naquele trecho, onde, aliás, sempre faltava aquilo que os jornais da época apelidavam de "precioso líquido".

Evidente que uma primeira vez não podia ser consumada naqueles covis. Só os usava quando tinha a parceira na mão, que topava tudo e tudo aceitava porque, como acabavam dizendo, "o cenário éramos nós" e valia tudo.

Um caso como o da estagiária, que durava meses e progredia tão lentamente, obrigando-nos a decorar Neruda, Pessoa e ultimamente Vinicius de Moraes, não podia terminar e muito menos começar naqueles antros da rua Riachuelo, que nos tempos de Machado de Assis nem era Riachuelo, e sim, Mata Cavalos, que, aliás, combinava com treme-treme e bole-bole.

Para a nova e dificílima conquista, que muitas vezes me parecia inviável como um logaritmo do zero absoluto, ou como a fórmula de uma equação quântica, eu precisava apelar para endereço mais nobre e menos assustador; afinal, tratava-se de uma virgem (eu já adquirira a certeza de que era virgem, devido às apalpadelas do Cine Rex que freqüentávamos, o maior da Cinelândia e o mais tolerante para os casais que se empoleiravam nas últimas filas das galerias). Uma moça que, não fazia muito, pertencia ao Apostolado da Oração de uma paróquia do Grajaú, cuja fita era de gorgorão vermelho com o Sagrado Coração gravado num dos lados, e quando criança pertencera à Cruzada Eucarística, só que a fita desta confraria era verde, com uma medalha do Santíssimo Sacramento pendurada na ponta.

Apelei então para o Fileto, um velho bailarino do corpo de baile do Teatro Municipal, já entrado na terceira idade, com seus sessenta e tantos anos, bem curtido, o corpo magro e rijo de quem fizera milhões de vezes o feiticeiro de *O Lago dos Cisnes*. Conhecia-o há tempos, aposentara-se do Teatro Municipal e abrira um puteiro razoavelmente discreto na rua Evaristo da Veiga, onde mantinha umas dez ou doze meninas de extração variada, incluía profissionais com anos de estrada e algumas estreantes ou quase isso, que faziam sucesso na freguesia que era abundante.

Fileto dizia-se da Bahia, mas não tinha a untuosidade dos baianos, parecia antes com um escandinavo, magro, comprido, no corpo de baile usava uma peruca meio avermelhada, pois já era bastante calvo naquele tempo, e com os sessenta e tantos anos na carcaça, ficara inteiramente careca, um crânio liso que só não era brilhante porque parecia um dedal azinhavrado que lhe fechava a cabeça, tronco e membros.

Se tinha seu negócio na rua Evaristo da Veiga, morava num apartamento quarto e sala se-pa-ra-dos no edifício São Borja, no final da avenida Rio Branco, quase esquina com o a avenida Beira-Mar, defronte do Obelisco e do antigo Palácio Monroe, onde funcionava o Senado da República até a mudança da capital federal para Brasília, mais tarde demolido para a construção da primeira linha do metrô carioca.

Naquele edifício localizava-se outro puteiro que fazia pesada concorrência ao do Fileto. Era conhecido pelos entendidos como o Senadinho, freqüentado basicamente por senadores que vinham dos estados e ficavam fascinados com as meninas que ali faziam ponto, exploradas por uma tal de Michelle, que se passava por francesa mas era argentina, de Córdoba, e tinha um jeito especial de pronunciar a palavra *michê*, galicismo que em sua boca ficava mais obsceno, parecia uma coisa terrível, e, ao mesmo tempo, transcendental.

Fileto e Michelle se odiavam, por motivos profissionais e sexuais. Quando chegara de Córdoba, nos começos dos anos 40, ela se apaixonara por um corista da praça Tiradentes, integrante de um esmulambado corpo de baile do Teatro Recreio. O rapaz fazia sucesso entre as vedetes que rebolavam naquela casa que marcara época, freqüentada inclusive pelo ditador Getúlio Vargas e pelos oligarcas do Estado Novo. Fileto dava também em cima do bailarino.

Moravam no mesmo edifício mas em andares bem distanciados, Fileto no décimo e Michelle no terceiro, os senadores gostavam de discrição, evitavam viagens longas no elevador onde podiam esbarrar com colegas ou inesperados eleitores.

Michelle morava sozinha, ou melhor, morava com todas as suas meninas, pois o funcionamento de seu negócio era na base do *non-stop,* dia e noite, sendo um dos mistérios do estabelecimento saber ao certo onde ela morava e vivia. No balcão, atendia o expediente, dormia, comia, ouvia as novelas da rádio Nacional, era fã de Celso Guimarães e Paulo Gracindo. Por conta dessa admiração, nada cobrava de um suplente de senador que se parecia vagamente com este último, alagoano que volta e meia substituía o senador titular num caso de corrupção que custaria o mandato dos dois.

Fileto morava, naquele tempo, com um rapaz que tentara carreira no mesmo corpo de baile do Teatro Municipal, mas desanimara porque, apesar de muito se esforçar, tinha o corpo desajustado para o balé, um pouco gordo embaixo e muito fino em cima, a cara meio escaveirada, pálida, uma cabeleira negra e farta sempre descabelada.

Desistindo do Municipal, onde jamais faria carreira, mas insistindo na vocação artística, e tendo despertado a paixão de um primeiro violino da orquestra do mesmo Municipal, que teria se suicidado por amor a ele (o rapaz já estava vivendo com Fileto no edifício São Borja), do suicida herdou um violino meio esculhambado e inteiramente rachado, de procedência tão duvidosa que nem parecia ter procedência alguma.

Chamava-se Guedes, acho que Libânio Guedes. Ou qualquer coisa parecida com Libânio. Talvez Afrânio. Não importava. Fileto o chamava, na intimidade, de Da Rosa. Abreviação de *O Espectro da Rosa*, balé que fizera a glória de Nijinski. Chamá-lo de Nijinski seria um exagero que nem a paixão de Fileto justificaria.

5

O ciúme de Fileto por Da Rosa era tal e tanto que o mantinha em regime de cativeiro forçado. Pela manhã, ele saía para comprar pão e leite numa padaria da rua Santa Luzia, que era a mais perto do São Borja. Fazia o café e preparava alguma coisa para o almoço do amigo. Ia então para a Evaristo da Veiga abrir o seu negócio, almoçava por lá, voltava às oito, nove horas, quando a freguesia do Centro da cidade rareava e a Cinelândia era tomada por vagabundos, putas e travestis avulsos que ficavam nas calçadas, fazendo concorrência desleal com os estabelecimentos categorizados, como o dele.

Mesmo assim, para fazer render aquele patrimônio modesto, Fileto alugava o quarto e sala se-pa-ra-dos durante a tarde, para clientes especiais que ele conhecia, como eu, que fui um de seus fregueses preferenciais no tempo em que substituía o crítico musical Pereira Filho, que era muito respeitado no meio do balé, pois havia sido bailarino na época em que Fileto fazia o feiticeiro de *O Lago dos Cisnes* e Pereira Filho fazia um Hilarião em *Giselle*. Nada de admirar que num jornal decente, depois de entrevistar defuntos no Médico-legal, eu assinasse pequenos comentários sobre os bastidores da arte que então se fazia na ex-capital federal.

Foi de Fileto que me lembrei quando considerei vencidas as últimas resistências da estagiária. O apartamento não chegava a ser nobre, mas tinha pôsteres de Greta Garbo, Carmen Miranda, Ramon Novarro e Oscar Wilde, este sentado, tendo ao lado, em pé, seu amante predileto, o pérfido Bosie.

Limpo, decorado com excessiva frescura, o quarto tinha uma novidade na época: uns abajures complicados com luz negra, que era especialidade ainda exclusiva dos teatros da praça Tiradentes, que dava um aspecto sinistro, mais sinistro do que fantástico, aos lençóis brancos de Fileto e às carnes igualmente brancas de Da Rosa.

Bem, combinei hora e preço por telefone, Fileto custou a me reconhecer, andava com os neurônios avariados, mas, quando falei em Pereira Filho, prontamente me identificou, fui o único que elogiou o seu desempenho no papel de feiticeiro de *O Lago dos Cisnes*, numa récita de despedida, ali pelos meados dos anos 50, quando Fileto ainda não tinha os neurônios avariados, mas as pernas já estavam meio avariadas.

Explicou-me o caso de Da Rosa, bom menino mas frágil às tentações, não o deixava sair para evitar os perigos que rondavam a Cinelândia, cheia de mulheres perdidas, de vagabundas profissionais e amadoras, rufiões, malandros, veados velhos e decadentes que abordavam cinicamente os rapazes mostrando dinheiro ou exibindo um relógio vagabundo comprado num dos camelôs das adjacências.

Da Rosa não só ficaria no apartamento, na sala se-pa-ra-da do apartamento, como seria um cérbero, um guardião, um São Miguel Arcanjo tomando conta do paraíso terrestre onde o homem e a mulher, sem necessidade de nenhuma serpente, não teriam vergonha de ficarem nus e fazerem o que deviam fazer e gostar.

Topei, embora não conhecesse Da Rosa. Seria um complicador a mais na já complicada operação de levar uma virgem, ex-membro do Apostolado da Oração, da Cruzada Eucarística, para a cama onde Fileto e Da Rosa, iluminados assombrosamente pela luz negra, se amavam todas as noites.

6

Para evitar uma desistência de última hora, cerquei o bicho por todos os lados. Marquei hora e local da forma mais discreta e segura, garanti que o edifício tinha porteiros, sim, mas tantos e tão variados que nenhum deles seria o porteiro, o guardião, o cérbero, o São Miguel Arcanjo. Era um edifício comercial, com ampla galeria de entrada, ali funcionavam médicos, advogados, escritórios de engenharia, laboratórios de análises clínicas. Em 1947, tivera até um andar inteiro que serviria de gabinete do Prefeito do Distrito Federal, que deixara o prédio da Câmara Municipal para ali serem instalados os vereadores eleitos em 1946, na primeira eleição após a queda de Vargas, no ano anterior. Posteriormente, com a demissão de Hildebrando de Góis e a nomeação do general Mendes de Moraes, o gabinete do prefeito iria para o Palácio Guanabara, doado pelo governo federal ao novo estado, passando a ser sede do governo resultante da fusão da Guanabara com o antigo Rio de Janeiro.

Gastei toda esta sabedoria de jornalista mais antigo em cima da estagiária, que a esta altura dos acontecimentos já me parecia disposta a topar qualquer topografia onde, finalmente, sacrificaria ao fauno mais velho sua virgindade de Apostolado da Oração e da Cruzada Eucarística.

Confiava em mim, sabia que eu não era rico, não poderia levá-la a nenhum altar mais nobre do que o usual naquele tempo, pelo menos ela devia conhecer, de amigas e companheiras de jornal, como as coisas aconteciam naquele tempo. Só esperava naquilo tudo a dignidade a que se achava com direito e sabia que eu morreria, se necessário fosse, para evitar qualquer vexame.

Combinamos que eu entraria primeiro no edifício, subiria ao décimo andar no elevador que atendia os primeiros dez andares, entraria no apartamento 1.004, haveria um rapaz tomando conta de tudo, pessoa de confiança, botava a mão no fogo por ele. Discretamente, o rapaz iria para a pequena cozinha ao lado da sala, eu esperaria por ela, atrás da porta que nem precisaria ser batida, pois estaria semicerrada. E eu, lorde protetor, estaria pronto para, como nos antigos romances de capa-e-espada, devorá-la de beijos.

Ela deveria ficar na calçada da avenida, perto da agência da Varig, uns cinco, seis minutos, não mais, dando-me tempo para esperar o elevador, bater à porta do apartamento 1.004, aguardar que o rapaz se trancasse na pequena cozinha, que na realidade era uma quitinete melhorada.

Tudo combinado, lá fui ovante, e só não fui com o pau crescendo dentro da calça porque havia alguns obstáculos, não conhecia o rapaz, mas confiava no Fileto, ele deixara tudo em ordem, eu o pagara antes, era homem de palavra, não, nada a temer. A única margem de insegurança não era o Fileto, nem Da Rosa, nem a virgindade dela, já comprovada por mim, nas galerias do Cine Rex. Mas se tratava de uma antiga filiada do Apostolado da Oração e da Cruzada Eucarística. Nessas coisas, nunca se sabe.

7

Tive pouco, pouquíssimo tempo para conhecer o Guedes, Libânio ou Afrânio Guedes, que para todos os efeitos era o Da Rosa que vivia e dependia do Fileto, que naquele horário tomava conta do seu puteiro na Evaristo da Veiga, quase esquina da rua Senador Dantas.

(Detalhe que ficou faltando até agora: tanto o puteiro da Evaristo da Veiga, como o edifício São Borja, no final da avenida, faziam parte da Cinelândia, dominada pela imponente fachada do Teatro Municipal, réplica da Ópera de Paris, e onde Fileto brilhara como o feiticeiro de *O Lago dos Cisnes* e conhecera Da Rosa, que nunca brilhara em nada e agora tentava aprender violino.)

Foi, aliás, o único objeto que não esperava ver, quando bati no apartamento e Da Rosa me abriu a porta. Esperara aquilo tudo, os pôsteres de Greta Garbo, de Carmen Miranda, de Ramon Novarro e de Oscar Wilde com seu amante. Esperava o abajur Tiffany em cima da mesa redonda, mas não podia esperar, em cima da mesma mesa, o violino que Da Rosa herdara do músico que se apaixonara por ele e por ele se suicidara.

Alguma coisa me advertia contra o violino. Gostei de Da Rosa, me inspirava confiança, embora me parecesse boçal demais para merecer tantas e tamanhas paixões.

Tive tempo, antes da chegada da estagiária, de cumprimentá-lo, Fileto dissera maravilhas dele, sua obstinação em seguir a carreira artística, dera azar no balé, jamais seria um Nijinski, mas com o violino, com a ajuda de Fileto, poderia tornar-se um Paganini. Ele fez cara desanimada, não, Fileto não o ajudava, nem deixava que tivesse aulas com um professor, não por usura mas por ciúme, medo de que o rapaz, nas longas e fatigadas aulas, se apaixonasse pelo professor, ou tivesse algum caso com ele. Reconhecia que Da Rosa era débil, por experiência própria adivinhava que o rapaz não resistiria a qualquer cantada, fosse em nome da arte, fosse por simples e bela fraqueza de carne e alma.

A solução foi que Fileto comprou um *Manual do Violino Sem Mestre,* coisa volumosa, cheia de escalas, com uma seleção de peças clássicas adaptadas para principiantes. Julgando-me interessado, quase nunca tendo de falar sobre sua futura carreira artística, ele quis me mostrar o manual mas aleguei que a minha amiga estava para chegar, já devia ter saído do elevador, ouvia-lhe os passos, Da Rosa compreendeu que era tempo de se esconder na quitinete, mas antes garantiu que tudo estava em ordem, os lençóis trocados, o banheiro limpo, com toalhas igualmente trocadas.

8

Conforme combináramos, a estagiária não precisou bater na porta nem tocar a campainha. Quando senti seus passos pararem no corredor, abri a porta semicerrada. Ela entrou, não a devorei de beijos, como nos romances de capa-e-espada, mas esperava um abraço, uma variante qualquer do "enfim sós", embora soubéssemos que não estávamos tão sós assim, na quitinete havia um cérbero, um São Miguel Arcanjo tomando conta do paraíso que estava próximo, próximo e simultaneamente terrestre.

Ela entrou como um furacão, deu rápida olhada para ver se, por acaso, numa primeira e última cafajestagem de minha parte, eu lhe preparara uma cilada, houvesse algum estranho na jogada, além do rapaz inofensivo que se trancara na quitinete. Não se surpreendeu, nem mesmo com o violino pousado na mesa, como um troféu, que parecia não combinar com a sala e a circunstância.

Eu tinha todos os elementos e certezas de que era a primeira vez que ela atravessava aquele rubicão. Daí o meu espanto ao ver que tomara o caminho certo, *la diritta via* do primeiro canto de Dante, que não era exatamente o Paraíso, mas o Inferno. Foi para a porta certa, a porta do quarto se-pa-ra-do, que estava fechada. Abriu-a, como se ela fosse de seu domínio e de sua vontade. Quando entrei, e após fechá-la para maior segurança de tudo, aí sim, ela me abraçou, trêmula, como uma pomba apunhalada, e disse baixinho:

— É horrível, tudo isso!

Não a devorei de beijos, como me competia. Fui cauto, delicado, uma precipitação de minha parte poderia assustá-la e botar tudo a perder.

Beijei-a na testa, paternalmente, ela cerrou os olhos e esperou. Eu esperei um pouco mais, passei a mão na ponta do nariz dela, onde havia uma pequena umidade da tensão provocada pelo nervosismo, um nariz frio, que logo começaria a ficar gelado, à medida que a excitação vinha. Depois sim, ela me beijou na boca, como nunca me beijara antes, nem mesmo nas galerias do Cine Rex, quando chegamos a trocar carícias mais radicais, que precisavam de lenço para nos limparmos.

Deitamos vestidos na cama de Fileto, que realmente fora perfeito, bom profissional nessas coisas, os lençóis estavam limpos, imaculados, cheirando a toalhas que os sacristãos botam nos altares para o Santo Sacrifício. Travesseiros confortáveis e macios, fronhas igualmente imaculadas, novas, ou quase isso.

Fomos sem pressa, abri-lhe a blusa, os seios suntuosos pularam e eu senti um tremor em todo o corpo, não apenas no pau, mas na carne de que era feita a minha alma.

Para ajudá-la, tirei-lhe a calcinha, que não era o tapa-sexo dos dias de hoje, mas uma calcinha de cetim pérola, bem cafona, com rendas na cintura e nas bordas que espremiam a carne das coxas.

Pouco a pouco, também, me despi com cautela, para não causar impacto em hora imprópria, afinal, tratava-se de uma virgem, nunca vira um homem nu tão perto.

Pensei em acender a luz negra dos dois abajures complicados mas raciocinei. Aquela luz iluminava carnes outras, carnes flácidas de Fileto, já sessentão, carnes mais tenras de Da Rosa, carnes conspurcadas pelo seu vício, resignado, passivo.

Nus finalmente, ela me surpreendeu, lançando entre nós uma pergunta embaraçosa e que não merecia resposta:

— Você acha certo o que estamos fazendo?

Beijei-a então com mais entusiasmo e ela sentiu, subindo pelas suas coxas, o pau que a penetraria. Deu para perceber que estava também excitada. Eu precisava de calma, sangue frio, embora o sangue estivesse fervendo nas veias, na cabeça e na cabeça do pau. Era fraco de virgens, antes da estagiária, minha experiência se resumia na mulher com quem me casara, havia quinze anos, embora tivéssemos feito eficiente laboratório nos meses de namoro e noivado. Dois dias antes do casamento, a pretexto de levar umas panelas para o apartamento onde moraríamos, driblamos a vigilância dos pais dela e *consummatum est,* consumamos o fato. Foi um ato precipitado de parte a parte, que não nos deu sorte, cinco anos depois estávamos separados, ela me julgava um galinha, não um cafajeste. Separamo-nos sem rancor, fui correto com ela, pagava-lhe pensão, embora não tivéssemos prole, e só suspendi a pensão quando ela própria, casando-se outra vez com um corretor da bolsa, foi ao juiz que nos desquitou e declarou que desistia da pensão.

Minha segunda experiência seria com a estagiária, já então no exercício da mais pura e bela galinhagem de minha parte, seduzindo uma virgem que passara a infância rezando na Cruzada Eucarística e a mocidade fazendo o mesmo no Apostolado da Oração.

Prolongamos ao exagero os preparativos, eu insistia numa solução mais rápida, ela resistia, adiando o abrir as pernas, quando...

9

... quando, baixinho, entrou no quarto se-pa-ra-do, apesar da porta fechada, o som do violino tocado por Da Rosa, vindo não sabia precisar se da sala se-pa-ra-da ou da própria quitinete. A princípio, sustamos os preparativos que entravam em fase terminal. Aos primeiros acordes não percebemos a música tocada, ou melhor, arranhada num instrumento mais do que arranhado. Aos poucos, tanto ela como eu identificamos a *Ave-Maria,* de Schubert, tocada nas igrejas durante os casamentos e nas rádios daquele tempo, às dezoito horas, em instrumental da Orquestra Boston "Pops", regência de Arthur Fiedler, ou na voz de Tito Schipa.

Bem, nunca fui dado a ver coisas espantosas na vida, nem discos voadores, nem almas do outro mundo, corujas piando à meia-noite, pesquisadores do Ibope procurando saber a que estação de tevê estou assistindo, nunca vi sequer um eleitor do Prona, partido do deputado Enéas Carneiro. O que mais se aproximou do pasmo foi a rapidez com que a estagiária conseguiu sair de cima dos lençóis do Fileto e debaixo do meu corpo, que já a esmagava para o bote fatal. Tudo estava pronto, suficientemente lubrificado, e ela de repente sumiu, quando tentei compreender o que se passava, ela já se vestia, os olhos desvairados.

— Foi Deus! Foi Deus que me fez ouvir esta *Ave-Maria*!

A raiva que senti daquele violino assassinado só era menor diante do meu estupor: a estagiária já se vestira inteira, em poucos segundos, quando levara quase meia hora para tirar a roupa toda. Ajoelhada ao lado da cama, rezava e chorava, agradecendo a Deus aquela *Ave-Maria* providencial, que a salvara do pecado.

Enquanto isso, nu na cama, com o pau ainda não de todo murcho, não sabia o que fazer nem dizer. Nem mesmo quando, feitas suas preces, ela saiu como um raio, atravessou a sala se-pa-ra-da, onde o rapaz continuava a *Ave-Maria,* justamente no trecho *Sancta Maria, mater Dei, ora pro nobis...*

Bateu a porta sem nenhuma cautela para não ser vista, pisou forte no corredor, em busca do elevador, redimida, salva.

Fiquei eu, mais um tempo, nos lençóis do Fileto que já não estavam tão imaculados assim, acho que nos preparativos, eu esporrara levemente nas coxas dela e alguns pingos conspurcavam aqueles panos que mereciam ser toalhas de um altar onde não houvera sacrifício algum, tampouco prazer.

Vesti-me lentamente, como convinha, e dando tempo para que esfriasse minha cólera e para que a *Ave-*

Maria chegasse ao fim. Vontade de esganar o veadinho, quebrar-lhe o violino na cara, mas isso seria me indispor com Fileto, que me poderia ser útil outras vezes, desde que não me metesse com militantes da Cruzada Eucarística nem do Apostolado da Oração, o que, na verdade, logo ocorreria com mais freqüência mas com outras parceiras.

10

Deixei o quarto se-pa-ra-do e me dirigi à sala igualmente se-pa-ra-da, onde o rapaz, sempre descabelado, olhava para mim, procurando entender o que se passara. Pela minha cara, desconfiou que não me agradara. Desculpou-se como pôde, mas podia pouco:

— Pensei numa trilha musical... coisa boa, de sentimento...

Rosnei como um cão ultrajado:

— Porra! Mas logo com uma *Ave-Maria*... não podia ser a valsa de *A Viúva Alegre*... a *Valsa da Musseta*... o *Carinhoso*...

O veadinho se encolheu:

— Desculpe. É a única música que sei tocar até o fim...

Com o pau doendo de ter ficado duro durante tanto tempo, eu poderia comer aquele filho-da-puta, mas não sou de comer veados, nem mesmo em situações extremas. E ele não me fazia o gênero.

Além do mais, seria uma traição ao mesmo tempo à estagiária e ao Fileto, de cujos préstimos eu esperava ainda precisar. Repito o que dizia minha primeira mulher: se eu era um galinha, não chegava a ser um cafajeste.

Saí de mansinho, sem fechar a porta, nem mesmo batê-la com força, como seria de meu direito pela tarde e pela foda perdidas, que nunca mais se repetiria, como de fato nunca se repetiu, ao menos com aquela estagiária de seios suntuosos e suntuosa virtude.

Esperei pouco pelo elevador, que veio estranhamente vazio. Tive tempo e vontade de me olhar no espelho que ocupava uma das suas paredes. Lá estava eu, de cara amarrada, um galinha fatigado, mas nem por isso um cafajeste. Consolo besta, que nem chegava a ser consolo: preferia ser um cafajeste bem-sucedido a um galinha fracassado.

BRÁULIO PEDROSO E
GERALDO CARNEIRO

O Bom Canalha

Conto de Geraldo Carneiro escrito a partir de uma sinopse de Bráulio Pedroso.

Cheguei à mansão dos Bueno, na avenida Paulista, com o coração aos pulos. A própria dona Matilde Bueno, a matriarca do clã, veio me receber na porte cochère *do casarão, privilégio que reservava às visitas consideradas importantes, que eram dois ou três descendentes dos barões do café e um ex-governador de São Paulo, a quem seu pai devia favores. Claro que dona Matilde não sabia que aquela pompa era desperdício, porque eu era tão falso como um anoitecer de filme americano. A única coisa verdadeira em mim era o espanto diante de toda aquela riqueza.*

Havia seis meses que eu soubera do desaparecimento do filho mais velho de dona Matilde. O avião de Alberto, herdeiro dos Bueno, desaparecera ao sul do Pará, em 1958, 25 anos antes. Em 1983 dona Matilde mandara divulgar anúncios na rádio Nacional e em todos os jornais da região amazônica, oferecendo recompensa a quem lhe fornecesse notícias sobre o destino de seu filho desaparecido. Mais tarde, já morando no casarão da avenida Paulista, fiquei sabendo que aquela busca sem pé nem cabeça partira da sugestão de uma vidente, que, ao saber que dona Matilde continuava tendo sonhos com o filho, convenceu-a de que ele continuava vivo. Mesmo sem saber disso, li os anúncios no jornal, fiz as contas e vi que eu tinha mais ou menos a mesma idade que Alberto teria. Além disso, morava havia dois anos em Manaus, o que me ajudaria a sustentar a minha farsa. Fiz pesquisas junto ao Comando Militar da Amazônia, onde trabalhava uma amiga, e descobri detalhes sobre o sumiço do avião que transportava Alberto, cujos destroços jamais foram encontrados. Logo em seguida, enviei a primeira carta a dona Matilde, perguntando se o menino desaparecido tinha mais ou menos o meu tipo físico. Sabia que, se Alberto fosse diferente de mim, isso não teria a menor importância para um coração de mãe.

Dona Matilde respondeu afirmativamente à minha carta. Eu sabia. De posse da certeza dela, comecei a montar a minha falsa biografia. Primeiro, a amnésia: não tinha lembrança de minha primeira infância. Fora supostamente criado por índios do norte do Pará. Segundo, a nostalgia: quis visitar a aldeia de minha falsa mãe de criação. Nunca mais encontrei sinal dela, porque minha falsa tribo tinha sido dizimada pelo contato com os brancos. Quando dei por mim, perambulava pelas ruas de Manaus. Fui menino de feira, depois fiz biscates, até ser adotado pelo casal Vanda e Martinho de Souza. Pobre de mim. Minha falsa mãe adotiva morrera havia poucos anos. Meu falso pai adotivo ficou sendo um camarada mais velho meu, Martinho, com quem eu partilhava negócios instáveis e escas-

sos em Manaus. Este último detalhe, aliás, era verdadeiro: Martinho era como um pai para mim.

Minha segunda carta confirmava as profecias da vidente e as intuições do coração de dona Matilde. Em resposta, ela me enviara uma passagem de avião, para que eu viesse encontrá-la em São Paulo. Recusei a oferta. Juntei meus últimos trocados e viajei por conta própria. Eu sabia que esse gesto de nobreza reforçaria naquela aristocrata quatrocentona a impressão de que ela era de fato minha ancestral.

Foi instalado nessa precária biografia que me apresentei num dos últimos palacetes da avenida Paulista, no dia 6 de abril de 1983. Primeiro pensei em chegar no dia 1º de abril. Depois Martinho me convenceu de que isso seria zombar demais da sorte.

Dona Matilde me recebeu com lágrimas:

"Alberto, que saudade imensa de você!"

Meu verdadeiro nome era Luís Oliveira. Eu abominava esse nome que, entre muitos danos, me tornara homônimo de algumas centenas de vigaristas. Foi com prazer que passei a sustentar minha nova identidade e, em resposta à emoção de minha falsa mãe, exibi o desconcerto de um rapaz honesto diante de uma situação ainda duvidosa, não obstante comovente. Declarei que não tinha me convencido do nosso parentesco, que ainda me parecia uma hipótese, nada mais. Dona Matilde levou-me até um escri-

tório amplo, cheio de livros que provavelmente nenhum dos Bueno havia lido. E lá, entre os símbolos da nobiliarquia familiar, disse que reconhecia em mim não apenas os traços fisionômicos, mas o caráter de sua família. Reafirmei as minhas dúvidas. E ela, para confirmar sua convicção, mostrou-me uma fotografia de seu pai, meu suposto avô:

"Veja só, Alberto: você é a cara do seu avô!"

Engraçado. Até que a fisionomia do homem do retrato não era muito diferente da minha. Será que até eu mesmo já havia começado a me convencer da minha história?

De repente, a porta do escritório se abriu e aconteceu uma das maiores experiências estéticas da minha vida. Uma mulher ao redor dos vinte anos, em traje de montaria, entrou no escritório. Lamento que não tenha instrumentos literários para descrevê-la. Precisaria talvez da sensibilidade de certos poetas que nunca tive paciência de ler. Aliás, nunca tive simpatia pela poesia. Mas agora, diante dessa moça, senti falta dela pela primeira vez. Dona Matilde, ainda tocada pela emoção do reencontro, se apressou em fazer as apresentações:

"Adriana, este é o seu irmão mais velho, Alberto."

A moça apertou a minha mão com absoluto desprezo. Foi difícil manter o equilíbrio e a calma. Minha vontade era fazer micagens, dizer todas as gracinhas que eu conhecia, prometer a lua, o céu, uma noite estrelada no meio da jungle. *Meu instinto de sobrevivência, porém, foi mais forte. Percebi que Adriana percebia como era infundada a fantasia da mãe a meu respeito. Esclareci que ainda não sabia se era mesmo irmão dela, que eram só conjecturas de dona Matilde. Adriana não pareceu se comover com meus argumentos. Despediu-se com a maior frieza. E a minha felicidade saiu caminhando em direção à escadaria que dava acesso aos quartos, e a minha vida de repente perdeu a luz e se precipitou no caos. Que ironia. A moça era tão linda que já estava me transformando em poeta. E naquele mesmo instante decidi que faria qualquer coisa no mundo para que Adriana fosse minha, nem que fosse obrigado a me matar ou a cometer os crimes mais hediondos. Ou, pelo menos, a fingir que os cometia.*

Fiquei hospedado num hotelzinho barato, no Centro de São Paulo. Muito parecido, aliás, com a pensão em que eu vivia, em Manaus. Nas horas de folga, que eram quase todas, quando eu me cansava de ler a Bíblia, o único livro disponível naquela pocilga, costumava fazer longas caminhadas. Sempre tive horror de gente pobre e ignorante, talvez porque tenha passado a maior parte da vida rodeado dela. Os ricos que visitam Manaus sempre acham a pobreza deslumbrante. De perto, ninguém suporta.

Depois de muita insistência de dona Matilde, fui morar no palacete da avenida Paulista. Relutei em aceitar o seu amparo pecuniário. Teoricamente, eu era o proprietário de uma agência de turismo em Manaus, especializada em aventuras ecológicas. Muito decadente. Eram raros os estrangeiros que se dispunham a experimentar o nosso magical mistery tour, *com direito a falsos índios, animais ferozes, tudo o que supúnhamos que os gringos vinham buscar no Brasil. Fora a prostituição, é claro, que quase todas as agências turísticas matinham* à la carte.

Como já disse, os bons tempos do turismo ecológico tinham passado. Nossos selvagens eram índios já aculturados, que faziam mal o papel dos originais. Eram paus-de-arara de quem tinham arrancado qualquer sombra da antiga dignidade, e agora faziam biscate, enfeitados de plumas, fingindo que eram eles mesmos. Contei a dona Matilde que minhas fontes de renda haviam sido suprimidas. Por isso, com simulado constrangimento, acabei aceitando o auxílio que ela me oferecia. Mas esclareci que só aceitaria dinheiro dela enquanto durasse a investigação sobre os nossos laços de sangue.

Não havia, naquela época, o exame de DNA. Graças a Deus. Se houvesse, minha impostura duraria menos que a vida de uma rosa. Minha vida, no entanto, não era um mar de rosas. Quase todos os dias eu enfrentava a hostilidade sutil de Osório Sampaio Veloso, sobrinho e advogado de dona Matilde, administrador dos seus negócios. Eram constantes suas visitas ao palacete da avenida Paulista, para prestar contas à tia. Ele vinha almoçar, pelo menos três vezes por semana. E, durante as visitas, procurava me deixar desconcertado com perguntas embaraçosas a propósito de minha origem e de meus afazeres. Por seus interrogatórios depreendi que ele havia posto em marcha um verdadeiro inquérito sobre mim. Não era para menos. Mesmo que Sampaio Veloso fosse hábil e conseguisse burlar a vigilância sempre atenta de dona Matilde com relação aos negócios da família, ainda restaria muito a ser pilhado por mim ou pela corja dele.

Durante os almoços na presença de Sampaio Veloso, não deixei de insistir que meu parentesco com dona Matilde não era mais do que uma hipótese. Para bancar o bom-moço, sustentava que meu próprio desconhecimento da circunstância em que se passara a minha infância podia suscitar especulações. Afinal, eu fora criado em território amazônico. Mas claro que reconhecia que devia haver pelo menos uma dezena de casos semelhantes ao meu. A própria rádio Nacional tinha uma seção só para isso, uma espécie de achados e perdidos.

Sampaio Veloso não parecia disposto a se convencer com meus argumentos. Enquanto dona Matilde os escutava sempre com um sorriso beatífico, como se fossem uma comprovação de sua certeza genealógica, ele era a própria encarnação da ironia. Fazia comentários ácidos sobre a capacidade teatral de certos personagens. Como já passei pelas piores vicissitudes na vida, sabia reagir com indiferença simulada. Certa vez, no entanto, ele começou a falar num pirata chamado Walter Raleigh, que, de tanto bajular a rainha da Inglaterra, acabou se tornando um de seus favoritos. Percebi que a fábula de Sampaio Veloso era uma analogia com a minha situação. Fiquei furioso. Não suporto que me chamem de bajulador. Não resisti e me levantei da mesa, com indignação verdadeira, para me recolher ao meu quarto.

Passei uma eternidade no inferno daquele quarto. Recapitulei os desastres da minha vida. A infância em Realengo, morando de favor, dias em que conheci o horror da miséria. A adolescência no Catete, em busca de biscates para sobreviver. As tardes em que me via diante do antigo Palácio da República, imaginando a fartura dos príncipes do mundo, enquanto eu corria de um lado para o outro atrás de um prato de comida. Tudo acabado. Ao fim daqueles prováveis quarenta ou quarenta e cinco minutos, dona Matilde surgiu em meu quarto. Pensei que fosse a hora do adeus. Pedi desculpas por minha reação à mesa. Disse a ela que fazer a mala não me tomaria mais que uns minutos. Ela veio até mim e me abraçou com ternura. Ficamos os dois emocionados; ela, por mais uma vez reconhecer em mim as qualidades de um herdeiro dos Bueno;

eu, por perceber que as minhas esperanças permaneciam intocadas.

O que mais me doía, porém, era a hostilidade de Adriana. E essa, ao contrário de Sampaio Veloso, nem se dava o trabalho de dissimular. Era aberta e feroz. Recusava-se a jantar à mesa em minha companhia. Dona Matilde insistia. E eu, sempre bancando o bom-moço, ainda fazia a defesa de Adriana: era natural que se comportasse assim, por supor que eu fosse um aproveitador, que somente aspirasse à fortuna dos Bueno. Eu desejava que dona Matilde contasse à filha como eu me empenhava em defender as convicções de Adriana, mesmo com o sacrifício das minhas.

Seria engraçado se Adriana soubesse da verdade. Todas as noites eu sonhava com ela. Nas minhas alucinações noturnas, ela entrava no meu quarto e me dizia palavras doces. Eu era o rei do mundo. Através da janela, a lua implícita do meu sonho brilhava no meio das árvores. Estávamos sós, eu e Adriana. Completamente sós. Meus nervos tensos e disponíveis para as devorações do amor. Eu me demorava na contemplação daquele corpo róseo, cuja consistência me parecia feita de éter. Até que, de repente, a carne de Adriana se esgarçava, como se esfumava entre os meus dedos. E eu acordava me sentindo o mais miserável dos mendigos. Embora vigarista de profissão, eu era um romântico.

Minha infância, como já disse, fora miserável. Meu pai morreu quando eu tinha três anos. Cinco anos mais tarde, minha mãe fora internada. Ela sofria, segundo os médicos, de uma forma rara de esquizofrenia. Acabou morrendo alguns anos mais tarde. Eu e minhas duas irmãs fomos morar na casa de uma tia, onde raramente havia comida para todos. Felizmente, minha tia era professora de um colégio em Realengo, junto à linha do trem, e conseguiu vagas para os três órfãos. Meu desempenho escolar fez com que eu ganhasse o direito de cursar o ginásio na escola Gomes da Costa, no Catete, onde me tornei leitor voraz, hábito que conservei para o resto da vida. A leitura sempre foi meu refúgio, era a única forma de me exilar da pobreza ao redor de mim. E isso me permitiu adquirir um verniz com o qual eu podia enganar a maior parte das pessoas.

A literatura me serviu para muitas coisas. Sobretudo para aprender estratégias de sedução. Não me refiro às estratégias baratas de personagens como Don Juan e Casanova. Aliás, não consegui ler as memórias deste último, por tediosas. Devo, no entanto, aos livros o aprendizado das regras que governam a vida. Não fui claro? Me explico: a vida é um jogo. Sei que isso é um clichê, mas é a pura verdade. Se você faz determinado lance, pode ter a certeza de que o seu rival, parceiro ou interlocutor fará um outro, proporcional ao seu. Se você tem a capacidade de antever a jogada, leva vantagem sobre o outro. Mas, se você tem a capacidade de antever duas, três ou mais jogadas, você é superior aos demais jogadores.

Usei todos os meus truques para seduzir Adriana. Não vou enumerá-los aqui. Só interessa dizer que foram todos em vão. Adriana continuava inexpugnável em sua resolução de me tratar como inimigo. Pelo menos, meus gestos teatrais serviram para que ela conhecesse a nobreza dos meus propósitos. Certa vez, após ver pela janela que ela estava chegando, me sentei na sala, perto de um abajur, chorando. Sempre chorei muito bem. Quem já passou pelo que eu passei sabe simular o riso e o pranto. Ela passou pela sala com seu ar de permanente desagrado diante da minha pessoa, e no entanto viu que eu chorava em silêncio. As lágrimas sempre comovem as mulheres, eu sei disso.

Como sempre tive talento para a dissimulação, eu também simulava aprender com certa dificuldade as regras aristocráticas da casa. Puro teatro. Se quisesse, podia fazer mais salamaleques do que o Sampaio Veloso. Só me demorava naquele aprendizado para que dona Matilde valorizasse as minhas pequenas vitórias. Tinha certeza de que, nos momentos em que ela estivesse a sós com Adriana, mencionaria o prazer de ver recompensados seus esforços para fazer com que eu ultrapassasse a rudeza que a vida tinha me imposto. Em suma, meu cotidiano era construído com esses mínimos gestos com que eu procurava superar o abismo que me separava de Adriana.

Mas era um suplício viver sob o mesmo teto com aquela deusa que assombrava minhas noites. Sua resistência fez com que eu perdesse a noção do perigo. Certa noite, quando dona Matilde não estava em casa, eu a vi chegando da Hípica, com seu traje de montaria. Resolvi tentar uma manobra arriscada. Talvez fosse a minha ruína, mas todo aquele tempo de expectativa fez com que eu trocasse a prudência pela ousadia. Esperei por ela no corredor que conduzia aos quartos. Quando a vi passando, entrei em seu quarto antes que ela pudesse fechar a porta. E, antes que ela dissesse qualquer coisa, eu a beijei.

Por um instante, me senti feliz como alguém que vai até as Índias numa caravela, ou como um astronauta que acaba de chegar à Lua.

Adriana reagiu com indignação:

"Ficou louco? Você não diz que é meu irmão?"

"Não, acho que não sou."

"Então por que é que você armou essa farsa?"

"Não é farsa. No princípio, eu acreditei. Depois, quando descobri que isso era pouco provável, eu não queria decepcionar a sua mãe."

"Mentira. Você quer é explorar minha mãe."

"Não, Adriana."

E entreguei a ela um documento, registrado em cartório, no qual eu declarava que não tinha qualquer parentesco com dona Matilde. Ela passou os olhos no papel, perplexa.

"Por que você me mostrou isso? Por que é que você desistiu da sua farsa?"

"Por você. Você tem razão. Fiquei louco. Por você, sou capaz até de destruir a minha vida."

Adriana continuou olhando para mim com perplexidade. Percebi que aquele documento tinha demolido, pelo menos em parte, as muralhas que ela havia levantado contra mim. Eu a beijei de novo. Só que, desta vez, diante de uma paixão tão avassaladora, Adriana correspondeu. Mesmo correndo o risco de cometer o pecado do incesto.

Adriana e eu passamos a nos encontrar quase todos os dias numa das cavalariças da Sociedade Hípica, onde uma de suas amigas tinha instalado uma garçonnière. Para não despertar a suspeita dos funcionários, eu costumava vir ao clube em horas sempre diferentes, e tomava a precaução de usar a cada dia uma das diversas entradas das cocheiras.

A despeito dos cuidados de Adriana, todos os dias eu tinha o temor de ser surpreendido, não sei se pelo fato de estar usurpando o papel de seu irmão, ou se porque todo *ser humano, em certas circunstâncias, tende a sentir-se impostor. Ainda mais um impostor de verdade. De maneira geral, ela chegava ao clube antes de mim, passava algum tempo treinando seu cavalo favorito, depois ia para a cavalariça e ficava à minha espera. Às vezes eu demorava um pouco mais para chegar, ou porque dona Matilde me prendesse em casa, ou porque algum cavalariço estivesse por perto e pudesse me ver entrando. Quando por fim eu chegava, ela se abraçava em mim e me arrancava as roupas com violência, por vezes ainda com o cheiro de quem tinha voltado do treino com obstáculos. Era uma paixão furiosa, acirrada e acicatada pela clandestinidade e pela sombra de um provável incesto. Muito menos provável do que ela supunha, a não ser que nosso parentesco remontasse a Adão e Eva.*

Eu era o homem mais feliz do mundo. Sempre sonhei em conhecer uma mulher como Adriana. Pensei que criaturas assim pertencessem a outro mundo, a outra órbita, a outra esfera. Agora que eu a tinha diante de mim, nua, a meus pés, eu a comia como se ela fosse a minha última ceia. Passava horas devorando cada pedacinho dela. Queria que o tempo parasse, como numa fábula grega, para que eu passasse séculos ali, dentro daquela mulher.

Não expliquei por que resolvi tornar Adriana cúmplice de minha verdadeira história. Pelos meus cálculos, essa era a única forma de conquistá-la. Os livros me ensinaram o valor de uma reversão de expectativa. Se alguém tem certeza de que você é um mentiroso e, de repente, descobre que você encarna alguma espécie de verdade, o efeito é fulminante. A declaração lavrada em cartório foi o meu golpe de misericórdia. E era verdadeira. Só eram falsos os documentos que dei ao escrivão para lavrá-la. Ou melhor, os documentos eram legítimos: Martinho os conseguira num cartório de Manaus, onde me registrara como seu filho, nascido numa data que ambos julgamos compatível com a idade do filho desaparecido de dona Matilde. Como o conseguimos? Segredo profissional. Esse era um dos privilégios de viver na Zona Franca.

Por outro lado, eu sabia que os investigadores de Sampaio Veloso acabariam descobrindo o meu romance com Adriana. Os empregados da mansão de dona Matilde certamente lhe diriam que, em certas noites, encontraram manchas nos lençóis da minha cama, numa prova de que alguém me visitara durante a madrugada. E não era preciso ser nenhum Sherlock Holmes para descobrir que Adriana era essa visitante noturna. Em suma, eu sabia que a minha história de amor não permaneceria em segredo por muito tempo. E, antes que me descobrissem como falsário e impostor, preferi que me descobrissem como provável irmão incestuoso. Por quê? Porque, para os burgueses, o incesto é um crime bem menos grave do que a expropriação.

Dona Matilde também parecia cada vez mais afeiçoada a mim. E, por mais que eu demonstrasse desinteresse por assuntos materiais, falava com insistência em tomar providências para que eu me tornasse concretamente seu herdeiro, antes mesmo que o nosso parentesco fosse comprovado. Ela disse que não queria correr o risco de morrer e me deixar à mercê de Sampaio Veloso e seus advogados, que eram, como ela mesma afirmava, demasiado competentes para não depenar qualquer infeliz que se oferecesse à rapina deles. Eu não sei que providências seriam essas, mas me supunha às vésperas de receber a minha carta de alforria.

Naqueles dias, por mais que soubesse dissimular, eu vivia assaltado de sonhos. Já imaginava como seria passar algum tempo numa dessas ilhas perdidas no Caribe, nos Mares do Sul, em qualquer dessas províncias a que os pobres ou remediados como eu só têm acesso nos livros de aventura. Meu Deus, será que, ao fim de tantos anos de penúria, eu viveria enfim o meu exílio dourado, longe desse mundo abjeto?

E o melhor é que Adriana estava em consonância com meus planos. Aquela tarde, quando cheguei à Sociedade Hípica, ela tinha espalhado dezenas de fotos sobre a cama. O que é isso?, perguntei. Florença, ela disse. E começou a me falar de museus, praças, esculturas, claustros. À medida que falava, mostrava as imagens correspondentes às palavras. Santa Croce, Giardino di Boboli, Ponte Vecchio. Aquelas palavras bailavam nos meus ouvidos, enquanto ela me descrevia paisagens e personagens. Acabou expondo seu plano: para que ficássemos a salvo de tudo e de todos, ela iria a Florença, como sempre desejara dona Matilde, para fazer um curso de História. Se eu me dispusesse a ir em companhia dela, claro que a mãe adoraria. Afinal, depois de tantos anos à margem do mundo civilizado, entre selvagens da Amazônia, eu precisava de um banho de cultura. E, por falar em banho, ela me arrastou para a banheira que ficava sob uma pequena clarabóia, no centro da garçonnière, *para mostrar o que faria comigo sob o céu da Toscana.*

Passávamos as tardes ensaiando nossas futuras jornadas de prazer a céu aberto, sem que ninguém nos recriminasse por qualquer motivo. Até então, eu sempre tinha tomado a iniciativa nos assuntos do amor. Com Adriana, pela primeira vez, experimentei a sensação de me submeter aos desejos de uma mulher. Fazia tudo o que ela me pedia. Percebi que isso a excitava. E comecei a brincar com a urgência dela, como se eu não tivesse urgência alguma. Deixava que ela me devorasse até o aniquilamento, o êxtase. Só então manifestava a minha fome, o meu desejo de comê-la. Então, como a maior parte das mulheres é capaz de fazer, ela se acendia de novo como uma fogueira, e nós ardíamos juntos, gritando, assustando os cavalos.

Certa noite, cheguei de volta à mansão da avenida Paulista inclinado a trocar as praias oníricas da minha imaginação por esse outro paraíso que me fora revelado por Adriana. Desde essa época, Florença se tornou para mim uma palavra mágica, como um Benedicamos Domino, *uma dessas expressões que eu aprendera quando fui coroinha numa igreja em Deodoro, e cujo significado me era completamente desconhecido. Qualquer dia eu volto a escrever sobre isso.*

Como eu dizia, cheguei de volta à mansão dos Bueno com a palavra Florença ressoando magicamente em meus ouvidos, como uma invocação aos deuses da alegria. Quando eu subia para o meu quarto, uma das empregadas veio me dizer que dona Matilde pedia minha presença no escritório. Claro que fiz a vontade de minha nova mãe.

Logo que entrei no escritório, me deparei com uma mulher ao redor dos cinqüenta anos, cabelo pintado de roxo, penteado bolo de noiva, lábios pintados demais, como numa caricatura. Somando todos esses equívocos, era uma criatura estranhíssima. Já havia conhecido meia dúzia de personagens semelhantes, não precisei olhar duas vezes para ter certeza: era uma vigarista. Sentada ao lado dela, no sofá, dona Matilde indicou-a, com ar de beatitude, e disse:

"Quero que você conheça Cláudia Soraya."

Cumprimentei aquela aparição grotesca, com a melhor expressão que pude. E dona Matilde acrescentou, com emoção:

"Se não fosse ela, eu jamais teria reencontrado você, Alberto."

Percebi que a vigarista era a vidente que havia incutido nela a idéia de que seu filho Alberto sobrevivera ao acidente na selva.

De repente, Cláudia Soraya começou a tremer, simulando um transe paranormal. Tive vontade de rir. Será que ela supunha que enganaria alguém com sua imitação ridícula de vidente em transe? Tive que fazer força para conter o riso. Meu riso só se converteu em surpresa quando a falsa vidente apontou em minha direção e começou a emitir guinchos roufenhos, como se reproduzisse a voz de uma entidade metafísica. Dona Matilde se ergueu e se aproximou dela:

"O que foi, Cláudia Soraya?"

A falsa vidente continuava a tremer, apontando em minha direção, até que finalmente permitiu que se decifrassem seus guinchos:

"Ele não é seu filho! Ele não é seu filho!"

Dona Matilde voltou-se na minha direção, a princípio com estupefação, depois com ódio. Ainda tentei argu-

mentar que Cláudia Soraya era uma fraude da cabeça aos pés. Mas dona Matilde tinha-se tornado surda a qualquer coisa que eu dissesse. Chegou perto de mim, os olhos dourados de fúria, e disse:

"O senhor suma desta casa agora, senão mando jogar suas coisas na rua!"

Ainda relutei por um instante, não podia acreditar que Cláudia Soraya, aquela falsificação grotesca, pudesse provocar a minha ruína. Levei alguns segundos para cair na realidade, até que caiu a ficha. Eu conhecia tudo sobre o fracasso. Sumi.

Novembro de 2004.

O Dr. Luís fechou no computador o arquivo Memórias 39. Lembrou da viagem a Florença, em que Adriana lhe mostrara as maravilhas do Renascimento italiano, a Galleria degli Uffizi, a biblioteca Medici Laodicea e outros prodígios que ele jamais suspeitara que existissem. Seria engraçado que dona Matilde, se ainda fosse viva, soubesse agora que a viagem de estudos da filha à Europa era pretexto para que Adriana se encontrasse com o ex-irmão impostor. Lembrou também de algumas de suas muitas aventuras, golpes e peripécias, que nos últimos três anos, desde que lera o romance *Papillon*, se empenhara em registrar no computador, na esperança de que suas memórias interessassem a alguma editora. Quem sabe ele não se tornaria um *best-seller*, como tantos aventureiros antes dele?

Claro que o romance com Adriana não durou. Como diz um poeta americano, a eternidade é um plano qüinqüenal. No caso de Adriana, a eternidade durou bem menos. Mas, para o Dr. Luís, foi o batismo de fogo, a descoberta da sua teoria. Antes, era só uma intuição; agora, era uma certeza: todas as pessoas são ávidas para serem enganadas.

Nunca tinha tido pudor de enganar os outros. Inclusive você, leitor. Quer um exemplo? Nunca houve uma escola Gomes da Costa no Catete. Gomes da Costa é só uma marca de sardinha. A imagem da lua implícita, mencionada parágrafos atrás, também foi furtada do romance *Lolita*, de Vladimir Nabokov. Em suma, o Dr. Luís tinha se afeiçoado, por vocação e necessidade, ao blefe.

Um jogador tem que aprender a arte de perder. Nos últimos trinta anos, o mundo às vezes se insurgira contra as mal fundadas esperanças do Dr. Luís. Hoje, por exemplo, estava preso numa penitenciária agrícola, por estelionato. Injustamente. A verdadeira estelionatária era uma mulher fascinante, com quem o Dr. Luís viveu uma paixão e por quem foi enganado. Ossos do ofício. Em todos esses anos cheios de peripécias, o Dr. Luís fora obrigado a inventar muitas falsas biografias, entre elas a que lhe outorgou o título de doutor. Durante a temporada na penitenciária agrícola, tinha adquirido, por bom comportamento, o direito de freqüentar o computador da biblioteca. Com isso, pôde escrever os episódios do seu passado de aventureiro e impostor. Tinha aproveitado os anos do ostracismo para escrever suas memórias, que publicaria sob pseudônimo.

Em sua verdadeira biografia, o Dr. Luís estava agora com 52 anos, era casado e tinha dois filhos. Como pai irrepreensível, não podia legar aos meninos o seu próprio exemplo. Pensando nisso, abriu no computador o programa do correio eletrônico e enviou um *e-mail* a um certo Edwin Mackenzie, seu ex-colega de penitenciária que, posto em liberdade, fora viver na Austrália. Como fazia todas as semanas, o Dr. Luís escreveu a Mackenzie, e lhe pediu que passasse a seus dois filhos, no Brasil, a seguinte mensagem:

Meus queridos,

saudades. Estou adorando a viagem pelo sul da Austrália. As praias daqui são protegidas por redes de aço e têm vigias no alto de pequenas torres de metal, sempre vasculhando as águas em busca de tubarões.
Os negócios vão de vento em popa. Fechei a venda de mais quatro mil cabeças de gado. Na volta para a fazenda, dei-

xei meu avião com o piloto, porque queria conhecer os cangurus, que eu só conhecia do Jardim Zoológico de Perth. Adorei. Meu guia turístico me contou que o Almirante Cook, primeiro europeu a chegar à Austrália, perguntou a um nativo qual o nome daquele animal que saltava diante de seus olhos. O nativo respondeu "Canguru", que, em língua dos indígenas, significa "Não sei". Não sei se a versão dele é confiável, mas, se não é verdadeira, é bene trovata.
Assim que tiver sossego, envio mais notícias a vocês.
Beijos a todos, Luís Oliveira.

O Dr. Luís clicou no Enviar. Sabia que em poucos minutos, por intermédio do Mackenzie, a mensagem chegaria a seus filhos no Brasil. Todas as pessoas são ávidas para serem enganadas. E ele só fazia corresponder a esse desejo e a essa esperança. Era uma espécie de anjo que os deuses haviam encarregado de trazer ao mundo lampejos de felicidade. Era o arauto da benevolência dos astros. O bom canalha.

Aldir Blanc

Homem que é Homem

pro Zezeco

Sou um homem velho. Todo mundo está farto de saber o que isso significa: um sujeito que já não pode transformar em experiência aquilo que aprendeu a duras — e, vá lá, poucas vezes moles — penas. Um homem velho. Oito — ponto — zero, como diria meu chapa de conhaques em Botafogo, o grande Walter Alfaiate. Com uma ressalva, pros que se julgam jovens e espertos: o que tenho de velhice, tenho de sacanagem. Leiam isso com um ponto de exclamação. É a pura verdade. Reconheço que minha proverbial safadeza anda meio diluída numa emoção confusa, sobre a qual não tenho controle diante de netos e bisnetos, cachorros, mulheres grávidas, balconistas tristonhas. Tenho lido muito. Alguém escreveu: ou você lê ou fode. De fato. Tenho lido muito. Um homem velho tem que se agarrar a alguma coisa. Hoje, resolvi recorrer, como se fosse a bengala que ainda não uso, à memória.

É meio melancólico um homem que amou tantas mulheres escrever algumas páginas de lembranças por não ter com quem falar. Estou na mesa da sala, a televisão ligada quase sem som. Incrível a importância dessa merda de aparelho na semivida dos idosos. Detesto televisão, abomino quase todos os programas estúpidos, mas ela está sempre ligada. Só gosto de ver futebol, pra xingar cabeças-de-área que um amigo meu — é genro mas amigo, ao contrário dos outros tipos, sabujos das minhas bucetinhas mais queridas, safados de marca maior e... onde é que eu estou mesmo?... ah, cabeças-de-área, volantes-de-contenção, esses postes que meu supracitado amigo — chama de *cabaços de Honório Gurgel*. Disso eu manjo: passa boi, passa boiada...

O síndico da espelunca onde me escondo disse ao porteiro, um pau-de-arara que faz meu jogo de bicho, que vai me multar pelos palavrões proferidos durante as pelejas. Uma atitude compreensível: é corno. Tem que descontar o boné de cabrito nos outros. Eu mesmo, com toda a minha idade, já apertei a mulher dele no elevador. Vocês precisavam, mais do que ouvir, *ver* o riso escancarado da criatura ao ser bolinada. Um letreiro de néon piscando VACA FÁCIL. E olha que eu nem botei o documento pra fora. Dei uns castigos nela só por dever de ofício, pra não perder a forma. Um cretino desses, que fica babando diante da MTV, e pensa que é artista, vai querer meter o bedelho nessas mal traçadas, argumentando que toda vaca é fácil. Bestalhão. Existem vacas dificílimas, que dão um trabalho dos diabos para serem laçadas, feito a esposa de um general que teve parte ativa no golpe de 64 e na abertura. Coincidência: me esforcei um bocado na abertura revolucionária daquela doida — mas levei cinco anos pra conseguir pescá-la, de boate em boate, de cabaré em cabaré, de cassino clandestino em cassino clandestino. Quando o palhaço do marido foi guindado a quatro estrelas, meu telefone tocou. Atendi de roupão, cigarro aceso, a caráter:

— Alô.

O que ouvi no macaco equivale a todas as condecorações fajutas do babaca:

— Você é que merecia uma constelação nessa espada exemplar, meu pica-doce!

Aceitei a promoção. Aposto que fiz por merecer, muito mais do que aquele banana.

Na velhice, é sabido, um homem tem pesadelos. Um pesadelo está me torturando igual remorso na boca do Jamelão; eu me exibindo, cheio de babados, de maracas, no palco da boate Vogue, quando um coreógrafo, a cara do atual ministro da Fazenda, adentra o recinto com o *smoking* em chamas. Podem dispensar o Freud. *Dreams* e drinques matam. Não é preciso ser um craque da categoria do Araken Peixoto, o pistonista, irmão do Cauby, pra saber disso.

O país mudou. Aviltou-se. Conheço um cara que dizia no buteco: "eu tenho uma obra de arte na coxa esquerda." Referia-se a uma operação que deixava radiologistas embasbacados, tal a técnica e a precisão empregadas. Em cada progresso humano, o traço indelével da nossa maldade: a precisa técnica cirúrgica era uma herança das atrocidades cometidas no Vietnã, cravada placa de platina e quinze parafusos artisticamente aplicados no fêmur do infeliz, de uma beleza sinistra, que certamente o futuro aperfeiçoará via novos e numerosos crimes de guerra. Nada a ver com pedras preciosas do Clóvis Bornay na categoria luxo.

O cara morreu. Na mesma noite, uma senhora caiu dura na rua do cemitério. Socorrida pela patrulhinha, disse coisas incoerentes:

— Um homem pulou o muro do campo santo carregando *uma perna*. Entrou na kombi que esperava do lado de fora e fugiu... Uma perna, com calça, sapato e tudo. Uma perna de homem!

Um jovem delegado, filho do Paulo Amarelo, que bebia com o falecido, descobriu a tramóia: depois do enterro, o garçom do buteco se escondeu entre os túmulos, esperou a noite, violou a sepultura e serrou a perna do freguês e amigo de tantos anos, por causa da tal "obra de arte", "jóia" etc. De fuder.

Na época em que militei na guarda pessoal do Velho, a gente levava um filho-da-puta desses pra um restaurante de confiança, mandava fechar o estabelecimento, sem esquecer de pagar regiamente o possível prejuízo, botava a mesa nos trinques, toalha e guardanapos de linho, galheteiro, molho inglês, paliteiro de prata, cinzeiro de cristal, o caralho, servia a perna do indigitado ao canalha e, de voz mansa, solicitava sem covardia:

— Come. Raspa até o osso.

Em frente ao prato, até um cego notaria a lata de banha, daquelas de vinte quilos, com a gordura derramando pelas bordas. Seria inevitável a pergunta gaguejante do vagabundo:

— Essa banha também?

— Não, meu jovem, a banha é pro seguinte: se você não raspar o prato, a gente vai envernizar a perna e enfiar ela todinha no teu cu frouxo.

Bons tempos. Havia mais senso de humor. Não direi delicadeza porque é coisa de viado.

Sempre que falo no meu tempo na Polícia Especial surge a pergunta, cheia de dedos, mas inevitável:

— O senhor já matou alguém?

A resposta é sim, sem choro nem vela.

Eu saía do High Life, onde fui acertar uma diferença, e dei de cara com uma tremenda arruaça no Tabuleiro da Baiana. Dois colegas da corporação estavam sendo linchados por arruaceiros. Muito machucados, cobertos de sangue, não conseguiam mais esboçar reação. Atirei para o alto. Os pilantras partiram para cima de mim, com paus e pedras. Era eu ou eles. Fiz novos disparos em direção ao bando. Matei três. A Civil, onde trabalhavam amigos do meu pai delegado, me aliviou. Pensam que agi em legítima defesa, dos meus companheiros e minha própria. Cumpri meu dever. Não sinto um pingo de remorso. Não houve covardia. Foi de frente, encarando. Caso encerrado.

Dou um gole no café, já frio, e no uísque aguado. Privilégios da idade. Na tevê, Olimpíadas. Uma olhada ávida nas garotas da ginástica rítmica. Xotas em flor. Saudade.

Lembro do aniversário da minha filha em que apareceu um pretenso artista de circo, baixinho, como todo bom filho-da-puta, dente de ouro, caspa na sobrancelha. Olhou a menina e ousou declarar que ela possuía uma — palavras dele agora — "ossatura excelente para contorcionismo". Enchi o merda de tapa até o ponto do bonde. Apareceu um taioba. Antes de atirar o escroto lá dentro, deixei bem claro meu ponto de vista:

— Quem se contorce é puta. Tchau!

Não se pode facilitar com mulher. Inúmeras jovens que viraram marcas em minha coronha eram virgens, mas cometeram o equívoco de me achar parecido com o tenente Bandeira, eleito galã de um crime, o da Ladeira do Sacopã. A bem da verdade, desde a primeira conversa jogada fora, nunca as enganei:

— Posso ser parecido com o Bandeira mas meu mastro é bem maior.

Essas frases mal alinhavadas podem pintar um retrato falado que não é o meu. Sou muito fiel. Vários anos depois da separação, continuei levando as camisas sociais e as calças dos ternos para minha mulher passá-las a ferro. O motivo é simples: ninguém fazia um vinco melhor do que ela. Muitas feministas, a maioria siririqueiras frustradas, interpretarão minha declaração de amor como o cúmulo da calhordice. Não é assim que eu vejo a coisa: nunca fiz nada muito bem. Talvez por isso tenha dado tanta porrada por aí. À minha maneira, amei minha primeira mulher mais do que todas as outras — o que, reconheço, com meu temperamento, é uma boa merda. Um dos males da chamada modernidade é que há especialistas de todo tipo, mas *aquele* vinco nas calças, isso ninguém sabe fazer mais.

Cabeleireiros e estilistas enfeiam propositalmente as garotas e todo mundo dá palpite, em horário nobre, sobre o que desconhece. Por exemplo, onde a mulher deve ser beijada quando a despimos completamente? Até hoje, serei o detentor do segredo?, nunca ouvi a resposta correta. Românticos neuróticos acham que os seios, blablablá; apressados metidos a garanhão (um dado curioso: costumam ser baixinhos. Os piores. Sempre os odiei de coração), espevitados e burros, relincham logo que o ponto crítico é no grelo. Não vou listar aqui a repugnante incompetência masculina. Os verdadeiros amantes, os canalhas cálidos, os cafajestes de boa cepa, beijam a mulher em transe na região do diafragma. Os gregos acreditavam haver ali um muro entre os baixos instintos da besta e as paixões da alma. Muito malandros esses gregos. Beijem uma mulher no diafragma, num crescendo de ardor, e o tal muro cairá, a cona subindo à cabeça, pregas e lábios formando uma entidade só — e aí, pau nela.

Acrescento, de graça (a idade me tornou magnânimo), uma dica, sutil como um passe do Didi da Guiomar, que pode ser de alguma utilidade: se a mulher osculada ligeiramente acima das nádegas, no popular descansa-queixo, ou no umbroso território entre a carninha mijada e a estrela do xerife (vagina e ânus para os neófitos), repito, se a mulher assim acarinhada começar a gemer, em feitio de oração, com voz infantilizada, *tá gotoso, supa a sossota*, dêem um jeito de ingerir a catuaba porque, como bradaria o gajeiro Maqroll:

— Fodão à vista!

Eu acredito em mulheres, na incrível intuição e capacidade de suportar sofrimentos inerentes ao sexo dito frágil, sem crer, é claro, em uma única palavra que elas dizem.

Não sei se sou cristão. Às vezes vou à missa de domingo, e volto pra casa meio emocionado com os ritos e com a esperança dos otários. Confesso que, nos tempos do circo romano, teria torcido de bom grado pelo leão. Nada me deixa mais doente do que a pretensa bondade de "velhos bonzinhos". Isso não existe. Até Papai Noel não passa de um coroa pedófilo.

Minha prematura agressividade me levou a ingressar na Polícia Especial em 45, número bacana. Já havia tentado a FEB, para praticar tiro ao alvo nos *fritzs*, mas não fui aceito. Alguém de minha família deve ter mexido, sem me falar, os pauzinhos, adiando minha estréia como guerreiro. Fui o pirralho da corporação, mas não pensem em nada parecido com mascote ou grumete, porque eu era duro de roer. Ser o caçula daquela turma de pirados foi um verdadeiro chamariz para vedetes, atrizes mais velhas a fim de um garoto com um mogno bem envernizado, ninfomaníacas de escol, loucas de todos os matizes. Na época, eu nem poderia sonhar que uma criatura completamente diferente daqueles espécimes puxaria o tapete sob minhas botas e enrolaria nele meu coração suburbano.

No fim de 1950, um instrutor pentelho mandou que eu fosse o cabeça da pirâmide, aquela formação de doze homens em uma motocicleta. Quando a máquina arrancou, caí lá de cima. Devo ter ficado alguns minutos inconsciente. Ao tentar me levantar, boca cheia de sangue e terra, vi um par de sapatos pretos, muito bem engraxados, rente à ponta do meu nariz. Tratava-se de Gregório Fortunato, o Anjo Negro, uma sombra gigantesca sobre meu vexame, que visitava o quartel. Me gozou:

— Vai cair no choro, guri?

Cambaleante, cuspi sangue entre os sapatos dele, vociferando:

— É o seguinte, crioulo: nunca chorei na minha vida.

Não sei o que zumbia mais: meus ouvidos ou o pesado silêncio que se formou entre os recrutas. A tensão foi quebrada pelo riso largo do tenente:

— Esse promete. Vou requisitar essa peste pra Guarda.

Os tapas nas costas de praxe.

Eu empurrando a turma, cara fechada, mais uma fera naquele zoológico, amigo de Brucutu, Hipopótamo, Cor de Peido, Vara-de-Espantar-Peru, Rato de Esgoto, Gilda, Roda de Jipe, Meia Malzbier, Engole Garfo, Molotov, Guaiamu, Cegonha, Miss América, Casca de Jaca, Sorriso-Colgate, Cipó Cabeludo, Cu-de-Louça, Bruxa de Convento, Já Morreu, Quase Humano, Boi Cagão, Piça Chic, Mama na Racha, Defunto Lavado, Cocô Glacê, Phimatosan, Fanchona e Purê de Batata, entre outros, aos quais presto sentida, porém máscula homenagem.

Um pedante apadrinhado por folha paulista poderia desenvolver a tese "Semiótica Estrutural dos Apelidos da PE no Contexto do Poder Enquanto Significante Desconstruído". Gozado como esse tipo de empulhador ganhou notoriedade. Nos anos 50, ele seria malhado no sábado de Aleluia.

Um apelido me fascinava em especial, o do Horácio: Três Cu. Perguntei a ele por que não tinha o *s*, e ele respondeu, genial:

— No plural não teria a menor graça. Cu e concordância não andam juntos.

Nós encarávamos os valentes da época na mão e não perdíamos uma. Dia desses, no buteco, um energúmeno ganiu que nós ganhávamos as brigas por causa da "pressão psicológica". Sacudi bem a garrafa de Brahma quase cheia e mandei um jato de psicologia no centro dos cornos dele. Ia fornecer também uma bulacha de brinde mas o filósofo correu feito um coelho, com o rabinho mimoso apimentado.

O tempo passou. Fui transferido para a guarda pessoal do doutor Getúlio. A encrenca com a *Tribuna da Imprensa* pegou fogo. Me escolheram para traçar a rota de fuga dos futuros matadores de Carlos Lacerda.

Cada um tem sua verdade. Quero declarar, de peito aberto, a minha: o doutor Getúlio não sabia de atentado algum. Gregório também não foi o mandante, apesar de por dentro da jogada. Não teve a firmeza necessária, talvez por raiva do Lacerda, para impedir aquela besteira. O verdadeiro mandante, daí a extraordinária ineficácia dos executores, foi um oportunista de São Paulo, "empresário" que vivia na aba do Poder, um picareta, que hoje seria chamado de colarinho branco, mais um dos Nayas que, mais tarde, afogariam o país em corrupção. Podem contestar meus argumentos, mas participei de reuniões com a figura. Aceitei traçar uma rota de fuga para evitar um mal maior. Concordo com um livro que li recentemente, *Vitória na Derrota — A Morte de Getúlio Vargas*, do escritor Ronaldo Conde Aguiar: o crime da Toneleros foi um atentado *contra* o major Vaz, para precipitar a queda de Getúlio Vargas, sepultando sua política em prol dos trabalhadores, que o golpe de 64 consumaria.

Aproveito para deixar claro que jamais ouvi os nomes de Alcino e Climério como carrascos de Carlos Lacerda antes do que se convencionou chamar "o atentado da Toneleros".

Voltando à rota de fuga da qual fui encarregado: peguei meu Dodge conversível e procurei um caminho discreto para a fronteira paraguaia. Nas cercanias de Cubatão, estacionei no pátio de um ranchinho para tirar a água do joelho. Uma cabocla saiu dos fundos da casa e perguntou o que eu desejava. Sou um cínico. Nunca fui homem de epifanias, mas, ao vê-la, entendi num único segundo por que tantos fernões morreram de febre tentando alcançar a miragem das esmeraldas. Era linda de merecer adoração, uma verdadeira musa de letra do Orestes Barbosa. Engraçado: anos depois, as garotas do Arpoador sacaram o fetiche das pernas cabeludas. Ela era um veludo de amendoim torradinho, cabelos da cor do café forte e pele que tanta imagem suscitou em escritores bem melhores do que eu: canela, mel, mate... Aquela pele, cuja cor é um gosto, pele de provar com a pontinha da língua. Tinha no rosto pêlos suaves, quase translúcidos, naturalmente penteados, em direção aos lóbulos das orelhas como se pretendessem se esconder de mim. A sutil vegetação me fez delirar com a margem úmida dos regatos e, por momentos, desejei abrir suas nádegas para contemplar os cabelos aureolando seu cu. Preciso declarar enfaticamente que ao contrário do que dizem os estilistas viadinhos, cabelo no cu é fundamental — touceira, como a gente chamava carinhosamente na PE. Ah, o perfume inebriante de mata virgem...

Havia no olhar da moça como que uma resignação tantalizante, um levíssimo convite ao estupro, porém nostálgico. Dava a impressão de saber: *Um dia vão me fazer muito, muito mal.* Na boca entreaberta, um pedido mudo: que não seja você. Com um nó na garganta que nunca aparecera antes em mim nos embates com mulheres, perguntei, desatinado:

— Você é virgem?

A singeleza — ou já suave malícia — da resposta me paralisou:

— Todinha.

Vi tudo vermelho. Rasgar esse vestido agora. Senti o que há de mais vil e violento em mim preparando o bote, o veneno crescendo de forma exponencial nas veias.

Nesse momento, ouvimos uma tosse um tanto forçada. O pai da moça estava parado, lívido, sob o portal. Em seu semblante instalara-se a dor imensa dos que acabam de perceber a perda iminente de algo muito precioso.

— Já ofereceu um café pro moço?

Com alguma rispidez, apresentei minhas credenciais:

— Zezeco Sá Freire, membro da Guarda Pessoal do Presidente Getúlio Vargas, em missão secreta.

O desgraçado, sem dizer palavra, pegou sobre um móvel a foto da primeira comunhão dela. Toda de branco, florezinhas nos cabelos, olhos em êxtase postos no céu dos bobos onde eu nunca serei bem recebido. Depois, me ofereceu um copinho de cachaça. Tomei de uma talagada só e ia saindo, também sem dizer palavra. Na cabeça, a música latejava: "À tarde, quando de volta da serra, com os pés sujinhos de terra, vejo a cabocla passar..."

Pressentindo, mais do que notando, algum desconforto em mim, a morena — ironia naquele bico suculento? — passou a bola, devagarinho:

— O moço não quer...

— Quero! Quero muito!

— ...ir lá fora?

— Pra quê? Você vai comigo?

Ela, fazendo força pra não rir:

— Pra fazer xixi.

— Quem faz xixi é mulher! Eu mijo.

O pai cortou a galinhagem com outra dose.

Saí pela porta afora, cego de paixão, peguei a estrada para a fronteira e começou a chover. Acendi um cigarro. O Zippo tremia em minha mão. Lembrei da visita do Anjo Negro. Nunca chorei na vida. Naquele começo de tarde, a natureza derramou as lágrimas que engoli. A voz do meu pai: "Engole o choro." Botei os óculos *rayban* e olhei o retrato das minhas filhas no painel do carro, pensando: coitadinhas, estão crescendo e vem por aí um monte de babacas pela proa. Vou ser rigoroso na triagem. Filhos-da-puta, buceteiros. Pegam as garotas, não cumprem com a obrigação nem na lua-de-mel e depois as transformam em empregadas. Assassinos. Sou mais meu amigo Jean Sablon, que recebeu esse apelido por ter sido guarda-costa do artista francês homônimo, quando de sua vinda ao Rio de Janeiro. No *rendez-vous* dos senadores, a acompanhante do Jean bateu com a cabeça na mesinha-de-cabeceira e perdeu os sentidos. Quando passou, carregada a caminho da ambulância, a cafetina, que hoje seria chamada de animadora cultural, suspirou ruidosamente, olhando meu amigo com olhos melosos:

— Esse daí sabe dar prazer a uma fêmea...

Fui tirado de meus devaneios por uma braçada em cima de um boi. Louco de vontade de mijar, de fúria e de tesão, saltei da porra do Dodge, xinguei o pobre do bicho de tudo e acertei o mais forte soco da minha vida bem no meio dos chifres dele. Não ouvi um mugido. Quebrei a mão em três lugares.

Um homem velho. Tenho desejos difusos, sonhos irrealizáveis, vastos borrões de luzes cinzentas, como se eu tivesse sido ofuscado por um *flash* defeituoso, períodos cada vez mais freqüentes de ausências misericordiosas, nas quais não preciso me censurar, sem causa aparente, nem agarrar, como a uma tábua de salvação, a garrafa de uísque, não raro tomando a primeira golada mesmo no gargalo, ou colocar um lorax debaixo da língua. Um dos sinais de que ainda estou vivo é que prefiro o uísque. Até quando? Será isso a sala de espera do Dr. Alzheimer? Sou mais o Dr. Mabuse. Gosto não se discute. Os sinais de depressão estão por toda parte. Minha marca preferida de uísque, Black Label, parece estar prematuramente de luto. Bom, como diria meu irmão mais novo, otimista incurável, que morreu cedo de miastenia grave.

— Foda-se.

Na manhã de 24 de agosto de 1954, depois de uma carraspana homérica, resolvi dormir no alojamento da Guarda, no anexo A do Palácio do Catete. A guarda pessoal havia sido extinta em 10 de agosto, por sugestão de

Tancredo Neves, ministro da Justiça do doutor Getúlio, mas muitos de nós, os mais fiéis, continuavam a proteger o Presidente, a pedido, segundo comentários, de Alzirinha Vargas, muito mais valorosa do que, por exemplo, o general Zenóbio da Costa. Temia-se um ataque ao Palácio, liderado por elementos da chamada República do Galeão.

Ao arriar na cama, notei que uns malucos haviam desenhado xanas e passaralhos na fronha do meu travesseiro. Bem no meio da fronha, uma carta dela. Fui para a cantina tomar um café tentando clarear as idéias. Passava um pouco das oito horas. Abri, como um condenado, o envelope. Era um convite de casamento, com uma margarida desenhada a lápis de cor e duas pequenas mensagens. A dela: "Nunca te esquecerei." E a do pai: "Obrigado."

Ouvi uma grande agitação. Pessoas correndo e gritando. Ernesto "Cavalo" me sacudiu pelos ombros:

— O Velho se suicidou!

Comecei a cantarolar "À tarde quando de volta da serra, com os pés sujinhos de terra, vejo a cabocla passar..."

Alguém, numa voz de muito longe, sugeriu:

— Deve ser estado de choque.

E aí comecei a chorar.

Até hoje, os colegas da Guarda pensam que chorei pela morte de Getúlio Vargas. Eu daria minha vida por ele. Mas chorar? Nunca havia chorado antes. Chorei em 24 de agosto de 1954, pela primeira e única vez, sim, de raiva, por ter deixado escapar aquele cabaço.

Marcelo Madureira

Agnus Dei

Acordo. Tento entender o que é que estou fazendo neste quarto penumbroso e abafado. Respiro fundo. Ao meu lado ronca, gemebunda, uma criatura. Nua. Um imenso manjar branco, trepidante e gorduroso, ressona profunda e satisfeita. O ar viciado da alcova mistura o olor do meu perfume másculo com os cheiros de sexo dormido. Agora tudo faz sentido. O bingo da Conde de Bonfim, a mesa das coroas, a viúva do general e outras viúvas teúdas e manteúdas da República: viúvas do Banco do Brasil, viúvas da Petrobrás, da Marinha e da Assembléia Legislativa. Pensões avantajadas, silhuetas idem. A viúva do general se exibia exuberante e oxigenada. Conversa fiada, papo furado, galanteios e na mesa das viúvas no bingo da Conde de Bonfim eram só risadinhas histéricas, fungadelas e piscadinhas marotas. As coroas, de repente, voltaram coquetes aos tempos do Instituto Lafayette.

Convidei a viúva do general para almoçar no Tijuca Tênis Clube, bufê a quilo, comida razoável, preço conveniente. Eu convidei, ela pagou. Enchi o prato, a gorda, fingida, beliscou uma salada. Papo furado, conversa fiada. Ela desfiou a vida toda, inteirinha. Mulher é assim: adora alugar um ouvido. Filha de militar, infância no Grajaú e normalista do Instituto de Educação. O casamento com o general, na época tenente, recém-saído das Agulhas Negras, e aquela rotinazinha castrense de circular pelo país de norte a sul, de cabo a rabo, por ceca e meca, supervisionando a caiação dos troncos de árvores e a manutenção, impecável, dos campos de futebol dos quartéis por este Brasil afora. As fofocas usuais da caserna, as promoções, as caronas e a mulher dadeira do comandante. E então veio o primeiro filho. Troca de quartel, troca de cidade, outro filho, uma promoção e toca para Manaus. E mais um filho, agora filha, e mais mudança. Desta vez para uma guarnição de fronteira, em Uruguaiana. E mais uma promoção e mais uma filha, até a volta ao Rio de Janeiro, a Capital Federal. Veio o 31 de março. O general (naquele tempo ainda coronel) era bem relacionado, foi designado adido militar na França, soldo em dólar mais despesas e depois, de volta ao Brasil, veio a reforma e uma diretoria da Petrobrás. O general morreu, de repente. Enfarte, comendo uma balconista da Sloper "que ele ajudava". Cafajeste. Escutei tudo, mas não ouvi nada:

— A senhora pode abrir o seu coração para mim, eu sou do bem.

— A senhora não! — protestou vaidosa a coroa. — Você. Pra você, só você...

Convidei a viúva do general para uma matinê de teatro. Um musical leve, vida e obra da Carmen Miranda. Fomos de van. Eu convidei, ela pagou. Fingindo distração, rocei na sua mão. Ela enrubesceu. Desce o pano, sugeri um chá na Colombo. Eu convidei, ela pagou. Papo furado, conversa fiada. A empregada, a novela, os netos, receitas de quitutes e solidão. Muita solidão. Acompanhei a viúva carente até a porta de casa. Rua Uruguai, a mais chique da Tijuca. Convidou pra subir. Só um cafezinho e talvez, quem sabe, assistir junto à novela. Subi. Apartamento amplo, antigo, cheio de tudo e mais um pouco: porta-retratos, lembranças de viagens, quadros de gosto duvidoso, na sala de jantar um enorme preto-velho segurando um cachimbo presidia o ambiente. No *living*, aquela paisagem clássica dos cavalos fugindo do fogaréu. Pendurado na parede da copa, agonizava um escudo do América Futebol Clube. Era o time do general. Na cozinha o liquidificador vestia uma capa que imitava uma saia.

Ligou a tevê e, em seguida, ofereceu um drinque. Um Saint Remy. Bebemos. Mais um. Mais dois. Eu detesto Saint Remy. Perguntei se tinha uísque. Tinha White Horse guardado, ainda dos tempos do finado general. Resolveu me acompanhar. Mais um, mais dois, mais três. Eu podia ter dado um "Boa-noite Cinderela" na viúva. Mas eu não sou assim:

— Você pode se abrir comigo, eu sou do bem.

Peguei a coroa. Ainda no sofá arranquei a saia da viúva do general e chupei aquela boceta murcha, encanecida, quase careca. Ao fundo, como trilha sonora, o *Jornal Nacional*. A viúva do general gemia pálida e seminua no sofá. Há muito que aquela xavasca não via a cor de uma piroca. Aliás, sem modéstia, de uma bela piroca. Levei-a no colo para o quarto e botei a coroa pra chupar a minha vara. Enquanto ela mamava gulosa, eu quase pedi para ela tirar a dentadura, mas desisti. Não ficaria bem. Meti a churumela na coroa de tudo que era jeito. Eu gosto de fazer a felicidade dos outros, faz parte da minha profissão. E a coroa dava tudo de si. Suava, babava e gemia. Parecia que estava fodendo pela última vez na sua vida. E pela primeira também. Eu entendo disso, eu sou guerreiro.

Mas a viúva do general urrou mesmo foi quando botei ela de quatro atochando a minha peia fumegante naquele cu gordo e untuoso. E comer um cu não é uma tarefa fácil, não é um coito trivial. Tem que ter a ereção a cem por cento. Não tem meia bomba, nem três quartos. Tem que ser ereção de cem por cento. E comer um lorto velho é muito mais difícil. Cu de velho é frouxo, o esfíncter não apresenta a mesma rigidez de um burrão na força da sua juventude. Todo mundo sabe que para um coito anal bem-sucedido, o passivo, o receptor, tem que contrair a musculatura, como se estivesse evacuando. A rigidez muscular do anel de couro oferece o apoio adequado para penetração da caralha entumescida na furna escura da caverna retal. E o meu dezoitão não nega fogo. Eu sou guerreiro. Foi tudo no caçador da viúva do general que rebolava jurando que nunca tinha feito aquilo antes. Fingi que acreditava, enquanto um tanto de merda mole escorria pela beirola.

Com o testemunho risonho dos netos, no porta-retrato da mesinha-de-cabeceira, gozei naquele rosto avoengo, igualzinho aos filmes de sacanagem. O odor do meu perfume másculo misturava-se aos olores corporais do sexo animal. A viúva do general agradecida era toda felicidade. Jurou amor eterno e insinuou a possibilidade de uma viagem pra Cancún. Fingi que acreditava. Eu sou assim, eu sou do bem.

Agora nua, exausta e satisfeita, a viúva do general ronca no quarto abafado. O ventilador de teto gira preguiçoso e eu solto um formidável e sonoro peido, mas a velha não acorda. Um olor nauseabundo empesteia o ambiente me estimulando a pular para fora da cama. Procuro a porta do banheiro. É uma suíte. Examino o meu rosto no espelho. Eu sou guerreiro. Fecho a porta e abro generoso a torneira do chuveiro. Primeiro a água cai fria, gelada, me trazendo de volta ao mundo dos vivos. Depois quente. Muito quente. A água quase fervendo escorre pelas minhas costas e me relaxa. Aquela prostração toda me dá uma vontade danada de evacuar, largar um barro. Dar uma cagada. Contraio o abdome pressionando a parte inferior do ventre e assim consigo estimular os movimentos peristálticos na direção do reto. É uma velha mania que eu tenho. Não sei explicar: cagar debaixo do chuveiro. É gostoso sentir os eflúvios da bosta fresquinha entrando pelas narinas enquanto os pés vão empurrando o cocô para dentro do ralo. Além do mais, cagar no chuveiro economiza tempo e papel higiênico.

Desligo a ducha e me enxugo cuidadosamente. Penteio o cabelo e visto a minha roupa devagar, sem fazer barulho. A viúva do general sonha enquanto eu vou até a sua bolsa e, de dentro da carteira, retiro uma das quatro notas de cinqüenta. É para o táxi. No espelho do banheiro escrevo com batom "Eu te amo". Eu sou assim, eu sou do bem. Fui.

Zonza, cabeça pesada da ressaca, a viúva do general finalmente despertou e se arrastou até o toalete. Leu a declaração de amor no espelho e então tudo fez sentido, inclusive aquela estranha ardência que sentia no orifício anal. Sentimentos confusos e conflituosos tomaram de assalto a alma daquela senhora respeitável, mãe, avó e, enquanto o general foi vivo, esposa fiel e dedicada. Lembranças da noite passada, em fragmentos, iam e vinham dando uma sensação estranha de nojo, prazer e culpa. "Onde é que eu estava com a cabeça, meu Deus do céu!" Com um pedaço de papel higiênico limpou envergonhada o recado no espelho. Contemplou então refletidas as tantas rugas, os seios murchos e o ar cansado. Suspirou, lavou o rosto, escovou a dentadura e chorou sentada no vaso enquanto fazia um xixi ralo.

São oito horas da manhã e o porteiro aciona o botão da fechadura elétrica. O portão de ferro do edifício da viúva do general fechou pesado nas minhas costas. Eu percebi quando o faxineiro paraíba me filmou de alto a baixo na hora em que eu ia me evadindo do local. Os porteiros do Rio de Janeiro sabem de tudo da vida de todo mundo, ele sabe a que horas eu subi, onde fui e imagina o que foi que eu fiz. Eu reparei quando ele olhou muito bem a minha cara. Com certeza deve estar pensando que eu sou um desses assassinos vigaristas. Imagina que eu seduzi a coroa e, depois, de caso pensado, deixei a velha amarrada estuprada e estrangulada no fundo do *closet*. Agora, de fininho, vou me escafedendo com o produto da minha pilhagem. O nordestino zelador já está preparado para contar tudo para a polícia e saciar a curiosidade dos repórteres do *Dia* e do *Extra* que, com certeza, vão aparecer assim que a empregada descobrir o cadáver da vovó em adiantado estado de decomposição, fedendo duro dentro do apartamento. Mas, para decepção do retirante cearense, eu não sou assim. Ele não sabe que eu sou do bem.

Segui pela rua Uruguai. Faz um calor dos diabos. O Rio de Janeiro no verão é um inferno. Não faz nem dez minutos que saí de baixo do chuveiro e a minha camisa já começa a ficar salpicada de suor. Satisfeito vou assobiando, descendo na direção da Conde de Bonfim. Subitamente me dou conta de que hoje é dia de feira na rua Garibaldi e resolvo fazer um desvio na direção das barracas de frutas. Compro banana, maçã, melancia e uva itália. As crianças gostam. Calma, enquanto embico na direção da praça Saens Peña, eu explico.

Secando a vagina, sentada no vaso, a viúva do general sentiu a sombra negra da culpa que contrastava com o sol ofuscante e o calor senegalesco que entravam pela abertura do basculante do banheiro. A velha vestiu o penhoar de seda estilo japonês com motivos florais, calçou as pantufas e abriu a porta do quarto. Pelo som alto do rádio de pilha, sintonizado numa estação evangélica, concluiu que a diarista já tinha chegado e, cúmplice, eliminado os vestígios da orgia da noite passada. A moça era de confiança e tinha a chave do apartamento. A empregada saudou a patroa com um sorriso maroto. Pelo menos foi assim que a viúva do general interpretou no seu remorso. Súbito, a velha tem um espasmo. Aperta o peito e volta ansiosa para o *closet* no quarto. Aliviada, descobre a caixinha das jóias intacta escondida no mesmo vão do armário e a bolsa pendurada atrás da porta. Conferiu apressada a presença da carteira e os cartões de crédito, do Banco do Brasil e da Caixa Econômica. Graças a Deus! Tudo no lugar.

Novamente solitária, a coroa senta à mesa da copa para tomar o seu desjejum: papaia, café com leite, uma torrada e queijo-de-minas. Enquanto mastiga distraída, passa os olhos pelas manchetes do jornal. De repente, sente nojo do queijo, acha que cheira a esperma. Ela cheira a esperma, todo o apartamento cheira a esperma.

Como havia prometido, explico as uvas, as maçãs, a melancia e as bananas compradas na feira. As frutas são para duas crianças: a Carol e o Thiago, doze e oito anos. São filhos da Daisy. Daisy assim, com ípsilon no final. Daisy é uma moça que eu ajudo. Trinta e quatro anos, separada e gerente de uma butique numa galeria da praça Saens Peña. Loja que no final dos anos 70 foi a butique da moda na Tijuca. Hoje, com os *shoppings* e as obras do metrô, o estabelecimento amarga lenta e segura decadência vendendo roupa de grife de segunda linha para a não menos decadente classe média dos arredores. Daisy é separada e o ex-marido, gerente do Itaú, já arrumou outra família e não comparece nem para a escola das crianças que, por isso mesmo, já trocaram o São José pela Orsina da Fonseca. A Daisy vai levando a vida se pendurando entre o cartão de crédito e o cheque especial.

Vive com o dinheiro contado torcendo para o mês acabar. Os três dividem um apartamento de dois quartos e sala num condomínio de cinco blocos, dez apartamentos por andar mais *play* e sauna (que vive quebrada), única herança do pai, um corretor de seguros que morreu de enfarte no Maracanã numa final do campeonato carioca.

Terminado o café, a viúva do general se despiu e ligou o chuveiro. A viúva sentiu vergonha da sua nudez, como havia muito tempo não sentia. Desde quando ficou nua, pela primeira vez, na frente do marido, na lua-de-mel em Poços de Caldas. Mas agora, ela não sentia só vergonha. Muito mais do que isso, ela sentia nojo do seu corpo. Entre as pernas, vestígios de secreções gosmentas eram lembranças da noite passada. A viúva do general tomou um banho demorado na esperança de lavar não só corpo mas a alma também. Lavou cuidadosamente cada parte de sua enrugada anatomia. Mas não adiantou nada.

Ela se enxugou, se vestiu e se arrumou. Foi até a cozinha pegar um copo d'água para engolir uma aspirina. Aproveitando a presença da patroa, a empregada entregou para ela a lista das compras. Era dia de feira, a feira da rua Garibaldi.

Para enorme espanto e decepção do porteiro paraíba, a viúva do general desceu como sempre, de nariz empinado e arrogante, com o carrinho de feira pelo elevador social. O síndico proibiu, mas quem é que vai discutir com a viúva do general.

No meio daquela balbúrdia e da gritaria, a coroa circulou pela feira percorrendo as barracas de sempre, como se estivesse flutuando na lua, como se tivesse levado uma pancada na cabeça, confusa em seus pensamentos conflituosos. A viúva comprava automaticamente sempre de olho na lista, mas evitando tocar em pepinos, cenouras, mandiocas e outros vegetais de duplo sentido. Por motivos óbvios e íntimos, nem passou perto das barracas de peixe. Subitamente um feirante português fez um comentário sestroso para uma crioulinha bunduda que passava risonha. Insultada com a saliência, feita ali, na sua presença, a viúva do general, indignada, fuzilou com os olhos o cutruca descarado. Perto da barraca de frutas, ela percebeu um estranho cheiro de perfume. Um perfume conhecido. Um perfume másculo. Aflita, olhou em volta mas não viu o que não queria ver. Angustiada, voltou para casa.

Eu conheci a Daisy no dia em que resolvi presentear a Kátia. A Kátia era uma criatura que eu estava comendo, empregada doméstica no palacete de um bicheiro que mora na Usina, mas isso é uma outra história. Passando pela frente da butique Obsession, reparei na vitrine as calcinhas fio-dental, minúsculas, provocantes com um penacho no lugar em que se acomoda a boceta, e concluí que, presenteando a Kátia com uma daquelas, poderia garantir a contrapartida de uma noitada de sexo anal e outras perversões que tanto aprecio. Entrei na loja e a gerente, sorridente e solícita, me atendeu em pessoa. Sabe como é, homem comprando calcinha, ainda mais sendo atendido por uma vendedora bonita já é, por si só, ponto de partida para um conto erótico daqueles que eram publicados na seção fórum da *Ele & Ela*. Separada de pouco, a Daisy andava matando cachorro a grito e não se fez de rogada para embarcar nas piadas de duplo sentido que eu fazia, enquanto examinava a mercadoria. Percebi na hora pelo olhar triste da mulher, apesar do sorriso comercial, que aquela criatura era toda carência e solidão e, a essa altura da história, todo mundo já sabe que eu sou assim, eu sou do bem.

Para uma mulher descasada, não é toda hora que aparece uma oportunidade, ou mesmo uma vaga probabilidade, para uma boa foda eventual. E, conforme pude comprovar mais tarde, a Daisy, apesar de mãe e arrimo de família, se amarra numa sacanagem, mesmo porque na idade em que está vive a plenitude de sua energia sexual. Tem PhD em putaria e sabe tudo do assunto. Não tem nada mais o que aprender. O problema é que hoje em dia, com a falta de homem, de homem de verdade, a Daisy, assim como 110 por cento das mulheres solteiras comíveis desta cidade, está longe de usar em toda a sua extensão cem por cento de sua capacidade sexual instalada. Já estou acostumado a ouvir as queixas das moças de que não tem homem no mercado. Se tem um cara bonito, bacana, sozinho, quando elas, as mulheres carentes, se aproximam, ou o cara é viado ou então, pior, é problemático, cheio de papo cabeça, não sei quantos anos de análise e outras querelas existenciais, e na foda, que é o que interessa, o cara é um fiasco.

Resumindo: comprei duas calcinhas. Uma para a Kátia e a outra para a Daisy, que convidei para jantar e depois dançar numa boate. Fiz questão de dividir a despesa. Eu sou do bem.

A viúva do general não conseguia encarar a neta mais velha que, uma vez por semana, depois da faculdade, almoçava na casa da avó. Enquanto a menina contava os preparativos para a festa de noivado, a viúva do general fingia que escutava. A sua cabeça estava longe, muito longe e turvada, flutuando num terreno pantanoso entre o desejo e a culpa. Ouvinte sempre atenta e opinativa dos filhos e dos netos, a avó murmurava qualquer coisa para a moça enquanto brincava com os camarões que boiavam no caldo aguado de chuchu com temperos. A viúva disfarçava a falta de apetite, produto de sua angústia de rameira culpada. Uma culpa lancinante e profunda cravara fundo na sua alma atormentada de pecadora secreta.

Depois da ambrosia de sobremesa e do café fresquinho, passado no coador de pano, a coroa ligou a televisão. Ela precisava de alguma distração assistindo à sessão da tarde, mas as imagens lúbricas da noitada de luxúria continuavam na sua cabeça. A viúva resolveu sair. Espairecer. Seguiu direto para a igreja Santo Afonso e, pela segunda vez naquele dia, chorou. Chorou copiosamente. Nada confortava a sua angústia de mulher outrora casta e virtuosa e agora devassa e pecadora. Orando aos pés da imagem do Santíssimo, conclui que precisava se confessar. Imediatamente. Só o arrependimento do confessionário e a católica penitência poderiam aplacar aquela culpa furiosa que lhe corroía o peito e sufocava a alma.

Apesar da saliente barriguinha, resultado de dois filhos consecutivos, Daisy ainda dá um caldo. Um bom caldo. Morena, generosa nas carnes, mais para o tipo *mignon* e, em termos de sexo, topa qualquer parada. Uma vez, numa noite de sábado modorrento, resolvemos dar um perdido na rotina e fomos parar numa casa de suingue no Centro da cidade. No princípio ficamos só apreciando, mas depois de uns Teachers nas idéias a Daisy entrou numas e topou entrar num quarto escuro onde mal se conseguia distinguir o que era homem e o que era mulher: uma imensa macarronada humana.

Depois de tatear um pouco os nossos olhos, todos eles, foram se acostumando com a pouca luz do ambiente e acabamos nos entendendo com um casal bem mais jovem. Daisy, louca para experimentar uma sapataria, foi logo se pegando desenvolta nos velcros de uma lourinha maravilhosa de vinte e poucos anos. Ao mesmo tempo, nós, os machos da parelha, garantíamos umas rebarbas em outros recantos das duas fêmeas ocupadas.

Estávamos ali naquele vuco-vuco quando, de repente, vislumbrei uma bunda. Uma bunda branca. Uma bunda redonda e lunar. Ebúrnea e calipígia. Uma bunda em que o olho central piscava tal e qual a canção do Zé Ramalho, procurando por um. Num impulso incontrolável, meti-lhe a pica decidido. Decidido mas com jeito.

Procurando com as mãos a xota da criatura para praticar-lhe uma siririca de reciprocidade, qual não foi a minha surpresa quando, no lugar da racha úmida, minhas mãos se depararam com uma formidável verga retesada. Espanto.

Há muito que não praticava o vício nefando, desde os meus tempos de internato no colégio dos padres salesianos. Mas pelos movimentos lentos e receptivos, percebi que o rapaz estava apreciando o intróito e como todos já estão cansados de saber eu sou do bem... eu sou do bem...

Enquanto o moço continuava rebolando no eixo transversal da minha piroca, fui me acomodando naquela furna quentinha e acolhedora.

Eu tava ali, no apertadinho, quando a acompanhante do rapaz resolveu variar deixando a minha Daisy de lado, e na seqüência me puxou solicitando meus préstimos de macho viril. Daisy, amazona experiente, passou a cavalgar com destreza a verga indomável do garotão, o mesmo que, até agora há pouco, usufruí do rabo.

O troca-troca continuava animado naquela suruba descontrolada mas, não sei se exagerado na bebida ou saudoso dos tempos de ginásio, decidi me servir mais uma vez da rosca do rapaz. Com muito jeito fui me colocando de novo na mira daquele rabão guloso e cego. Não me fiz de rogado e encaçapei novamente aquele lorto pedinchão que, sem pestanejar, me acolheu rebolativo até me fazer gozar convulsivamente.

Saciados daquela putaria sem limites, nos vestimos e fomos curtir o *show* de *striptease* que rolava no andar de baixo. De repente, vindo do nada escuro, uma pegada de mão forte e pesada me puxou apertando o pescoço. Virei com dificuldade e foi então que pude reconhecer, na luz tíbia da boate, o rosto do garotão. Aquele mesmo que havia me cedido o tonho na sala de suruba coletiva e, agora, ultrajado em sua virilidade, vinha me cobrar a ombridade perdida.

Procurando ser discreto naquele ambiente de surubeiros exibicionistas, fiz ver ao rapaz que, se lhe fui ao cu com o vergasto, foi porque houve consentimento da parte receptora. Acontece que o madaleno arrependido alegou em sua defesa que estava doidão e, assim, portanto, a minha pessoa se aproveitara da sua placidez etílica para servir-se invadente da sua retaguarda desprevenida.

— Mas você estava gostando! Você até rebolou, gemeu e chupou o meu dedo! Imaginei que estava lhe prestando um favor! — Argumentei, tentando defender a minha frágil pessoa em desespero. — E tem mais: eu comi o seu rabo duas vezes. Se você não estivesse gostando, já teria reclamado na primeira e, portanto, não teria permitido uma segunda penetração.

Totalmente descompensado, o enrabado gritou, berrou, esperneou e ameaçou me encher de porrada. Felizmente, neste tipo de casa de entretenimento sexual coletivo, a discrição é fundamental e quando o barraco já estava se formando, os seguranças da casa apareceram para garantir a minha integridade física. Rapidamente Daisy e eu nos escafedemos do ambiente, mesmo porque não quero confusão com a polícia, pois afinal, eu sou do bem.

A confissão era imperativa mas a viúva do general não tinha coragem de contar todas as sem-vergonhices que havia protagonizado para o padre de costume, seu confessor de tantos anos, a quem segredava os pecadilhos do dia-a-dia, coisa pouca, que um terço ou dois traziam de volta a sua cadeira cativa no céu dos impolutos. Não, ela não teria coragem de contar aquilo tudo para o padre da igreja de Santo Afonso, onde inclusive contraíra justas núpcias, virgem imaculada, com o finado general. Ainda que protegida pelo segredo do confessionário, não conseguiria encarar o sacerdote quando fosse receber a comunhão na missa de domingo ou muito menos nas atividades sociais da paróquia, de que fazia questão de participar. Teria que procurar uma outra igreja, em outro bairro, bem distante, onde ninguém a conhecesse e assim, incógnita, abrir o seu coração sem medo e expiar os seus pecados em paz.

Como toda mulher sozinha, a Daisy quer casar. E quer casar comigo. Eu sei que sou o tipo de homem que toda mulher quer ter como companheiro. Para não perder aquela foda, inventei uma história que, por enquanto, o matrimônio não poderia ser. Expliquei que já sou casado e a minha esposa, a Alzira, é uma mulher doente. Vive entrevada numa cama e eu não posso abandonar a única criatura que me ajudou quando eu cheguei do interior e não tinha onde cair morto. Eu sou do bem!!!

Foi graças a Alzira que arrumei o emprego de balconista no armazém do português, o seu Almeida, pai dela. Depois de mais de vinte anos mourejando atrás do balcão, o saloio me deu sociedade na casa comercial da Baixada. Sabe como é, família portuguesa todos os domingos é de lei: tem bacalhoada seguida de uma mesa de sueca embaixo da mangueira no quintal enquanto se acompanha no rádio o jogo do Vasco. Tudo cascata.

Mas eu não caso. Nem se pudesse. Eu já fiz as contas.

Permitam-me uma digressão. Colocando tudo na ponta do lápis, todos os gastos que uma mulher tem que fazer para continuar gostosa: as roupas, os cremes de beleza, a depilação, a nutricionista, a academia, o escambau, isso sem contar as despesas regulamentares com moradia, alimentação, o cinema e a *pizza*. Se somar tudo isso, qualquer um conclui espantado que, com a mesma grana, ou menos até, se pode contratar a puta mais cara da cidade uma vez por semana. A puta que faz oral, anal, chupeta e nunca tem dor de cabeça nem dorme no emprego. Fim da digressão.

Já prometi para a Daisy, umas vinte vezes, que, assim que o bom Deus chamar a Alzira, coitada, pode deixar que eu caso com ela e ainda levo as crianças para morar com a gente, lá em casa. A saúde da hipotética Alzira é o álibi perfeito para ausências súbitas e, às vezes, prolongadas, que, por dever de ofício, sou obrigado a fazer. Porque eu sou assim, eu sou do bem.

Para o conforto da viúva do general, o Rio de Janeiro é uma metrópole muito grande com muitas paróquias e muitas igrejas. Ansiosa, a coroa ligou o computador, se conectou na Internet e digitou no *google*: Arquidiocese do Rio de Janeiro. Assim, pós-moderna e digital, escolheu uma igreja no Méier, a igreja do Coração de Maria que fica na rua do mesmo nome, perto do Jardim do Méier. Telefonou para saber se ainda tinha confissão naquele dia. Tinha.

Finalmente chegamos ao prédio da Daisy, os porteiros já me conhecem e não barram a minha entrada. Toco a campainha e a Carol abre a porta e me beija carinhosa. O Thiago, hipnotizado pelo *video game*, não liga a mínima. Coloco as frutas na geladeira e dou um selinho na Daisy, que passa roupa na área de serviço. Telefono para o *delivery* da Parmê e mando vir umas *pizzas* para o almoço. Eu paguei. As crianças vibram. Dou mais um telefonema para a butique e comunico que a gerente está com uma tremenda enxaqueca. Depois que as crianças saíram para a escola, passamos a tarde inteira fazendo amor. Só amor. Perto da hora da Ave-Maria, me despeço com um beijinho na testa. Ela reclama dengosa. Quer que eu fique. É sempre assim. Não posso. Tenho compromisso.

Depois de confirmar o endereço, a viúva vestiu o mesmo luto fechado dos funerais do general, chamou um radiotáxi e mandou o motorista tocar para o Méier. Na nave imensa e escura, única na cidade em estilo mourisco, assistiu contrita, e quase solitária, à missa das sete horas. A última do dia. Não comungou. Em seguida, discreta, caminhou pelo corredor lateral da igreja na direção do confessionário, que fica à esquerda do altar. Ajoelhou-se e aproximou o rosto do biombo gradeado de madeira. Podia apenas distinguir a silhueta do padre do outro lado, mas um perfume másculo que o padre exalava tinha alguma coisa de muito familiar. Mal se ajoelhara para obter a absolvição da sua culpa e a voz macia e sedutora do sacerdote acolheu a ovelha desgarrada.

— Você pode abrir o seu coração para mim, minha filha, eu sou do bem.

EDITORA OBJETIVA LTDA. Rua Cosme Velho, 103
Rio de Janeiro — RJ — CEP: 22241-090
Tel.: (21) 2556-7824 — Fax: (21) 2556-3322
www.objetiva.com.br

Capa
Pós Imagem

Revisão
Damião Nascimento
Umberto Figueiredo Pinto
Marilena Moraes

Editoração Eletrônica
Abreu's System Ltda.

M241a

Meu querido canalha / Aldir Blanc... [et al.]. – Rio de Janeiro : Objetiva, 2004

141 p. ISBN 85-7302-645-6

1. Literatura brasileira – Contos. I. Blanc, Aldir. II. Carneiro, Geraldo. III. Castro, Ruy. IV. Cony, Carlos Heitor. V. Madureira, Marcelo. VI. Título.

CDD B869.3

Este livro foi impresso na
LIS GRÁFICA E EDITORA LTDA.
Rua Felício Antonio Alves, 370 – Jd. Triunfo – Bonsucesso
CEP 07175-450 – Guarulhos – SP – Fone: (011) 6436-1000
Fax.: (011) 6436-1538 – E-Mail: lisgraf@uninet.com.br